자전거로 달린
2,300km
국토 종주기

자전거로 달린 2,300km 국토 종주기

발행일   2024년 4월 29일

지은이   최만형
펴낸이   손형국
펴낸곳   (주)북랩
편집인   선일영   편집   김은수, 배진용, 김부경, 김다빈
디자인   이현수, 김민하, 임진형, 안유경   제작   박기성, 구성우, 이창영, 배상진
마케팅   김회란, 박진관
출판등록 2004. 12. 1(제2012-000051호)
주소   서울특별시 금천구 가산디지털 1로 168, 우림라이온스밸리 B동 B113~115호, C동 B101호
홈페이지 www.book.co.kr
전화번호 (02)2026-5777   팩스   (02)3159-9637

ISBN   979-11-7224-095-0 03810 (종이책)   979-11-7224-096-7 05810 (전자책)

(주)북랩 성공출판의 파트너

북랩 홈페이지와 패밀리 사이트에서 다양한 출판 솔루션을 만나 보세요!

홈페이지 book.co.kr   •   **블로그** blog.naver.com/essaybook   •   **출판문의** book@book.co.kr

작가 연락처 문의 ▸ ask.book.co.kr

작가 연락처는 개인정보이므로 북랩에서 알려드릴 수 없습니다.

자전거로 달린
2,300km
국토 종주기

좌절과 고난을 극복하며 성장하는

한 남자의 그랜드 슬램 정복기

최만형 지음

불운과 불행이 겹친 인생이었지만,
여기서 포기할 수는 없다!
비바람과 무더위를 헤쳐나가며 이룬
감동의 국토 종주기

북랩

.

　　어린 시절에는 아버지가 머슴살이를 하셔서 집이 없어 남의 집 뒷방에서 살았으며, 동네에서 제일 가난하여 돈이 없어 중학교를 자퇴하고 15세부터 사회생활을 시작했습니다. 전국을 떠돌며 닥치는 대로 살다 전북 익산시 신흥동 자취방에서 연탄가스 중독으로 원광대학병원에서 14일 만에 기적적으로 살아났으며, 부산시 동구 범일동에서 살 때는 손목 경동맥 파손으로 피를 많이 흘렸는데도 병원들이 수술을 해 주지 않아 이 병원, 저 병원 찾아다니다 부산 성모병원에서 수술과 수혈을 받아 생명을 건질 수 있었으며, 이 사고로 오른손 장애가 생겨 군 면제를 받았습니다.

　숱한 고생과 역경이 함께해 생과 사를 넘나들면서 살다 결혼하여 전기 공사사업으로 평범하게 살다가도 건설 현장이 싫어 엉뚱한 비데 연수기 사업을 하다 사업이 부도나 전 재산을 날리고 가족이 살 집이 없어 처가댁에서 2년 동안 살았으며, 극심한 스트레

스와 삶에 대한 절망 때문에 그랬는지 몰라도 조상 대대로 대머리가 없는데 저만 대머리가 되고 급성 췌장염으로 10일 동안 금식해서 살았습니다. 또한 심근 경색으로 스텐트를 2개나 넣고 살아평생 약을 먹고 살아야 합니다.

부도나고 돈 문제로 아내와 갈등이 심해 같이 있으면 머리가 터질 것 같았습니다. 서로 안 보면 갈등이 줄어들 것 같아 집을 탈출할 수밖에 없어 차만 가지고 집을 나와 차에서 지내거나 찜질방에서 지내며 같이 사업했던 사장님을 도와주면서 사는데, 빚을 못 갚아 계속되는 독촉에 결국은 파산을 신청해 법원으로부터 파산을 선고받고, 은행 거래가 정지되어 더 많은 고통을 받으며 돈이 없어 얼마나 많이 울고 살았는지. 그때 흘린 눈물을 모은다면 옹달샘을 이루리라 생각합니다.

가족이 해체되어 혼자 외로이 신용 불량자로 숨죽이고 살았던 일, 슬픈 날이 계속되어 인간이 마지막으로 선택하는 길까지 가려다 생존해 계시는 어머니 가슴에 대못 박을까 봐 거두었던 일을 계속 연명하는 삶의 고통 속에서 몸부림치다 물티슈 회사에서 근무하게 되었습니다. 하루 종일 서서 일해야 하고, 시끄러운 기계 소음 공장 생활의 어려움 때문에 매일매일 그만두고 싶었지만, 밤마다 반성하고 뉘우치며 저를 설득하며 이를 악물고 견디어 내니 차츰차츰 적응해 안정된 생활이 찾아왔습니다.

물티슈 회사를 퇴직하고 이혼한 아내와 재결합을 위해 인천으로 이사 와 쉬면서 하루하루가 적적하고 심심해 지인이 준 꼬마 자전거로 아라뱃길 슬슬 마실을 다녔습니다. 큰 자전거를 타는 사람들의 뒤를 따라가는데 자꾸만 뒤처져 추격해 따라잡으려고 노력하는데, 오토바이처럼 달려가 뒤꽁무니도 못 따라가게 실력 차이가 나 포기하고 곰곰이 생각해 보니 꼬마 자전거가 작기도 하고 초보에 나이도 많지, 힘이 없어 그럴 거라 생각하고 먼저 꼬마 자전거로는 안 될 것 같아 일반 생활 자전거를 구매하기 위해 당근에서 49,000원에 중고 생활 자전거를 구매했습니다. 타이어 두 개와 베어링을 앞뒤로 교환해 아라뱃길에서 달리는데, 꼬마 자전거보다는 훨씬 안정감 있게 잘 달려 점점 욕심이 나기 시작했습니다. 좀 더 멀리 다녀 보기 시작해 정서진 아라서해갑문 유인 인증센터에 가게 되었고, 이곳저곳 구경하면서 안내소 근무 하시는 여성분이 전국 자전거길에 있는 88개 무인 인증센터마다 들려 국토 종주 수첩에 도장을 찍어 오면 그랜드 슬램 메달과 인증서를 받을 수 있다는 것을 알려 주셨습니다. '이거다.' 하루라도 더 젊을 때 도전해서 그간 쌓인 울분을 날려 버리고 내가 누구인가를 찾아 지금까지 실패만 한 인생을 성공한 인생으로 바꾸기 위해 결심이 서니 갑자기 엄청난 에너지가 가슴과 머리에서 발산되어 나오는데, 흥분까지 되어 당장 수첩을 구매하고 아라서해갑문에서 첫 번째로 수첩에 도장을 찍었습니다.

이제까지 살아오면서 돈도 집도 없지, 한마디로 가진 게 아무것도 없다는 것입니다.

어차피 인생은 무소유로 떠나지만, 이 세상에 태어나서 무엇인가는 남기고 가는 게 필요해서 이렇게 책을 쓰기로 하였습니다.

여행하면서 맺혀진 인연과 일정들이 우연인지 필연인지 모르게 모두가 저를 위해 준비된 것처럼, 이루어져 가는 게 놀라웠습니다.

아무리 각박한 세상이라고 하지만 그래도 살만한 세상이라는 이 사실을 세상 사람에게 알리고 싶어 사람의 향기를 싣고 달리는 자전거라 명명했습니다.

실제로 자전거 여행 기간에 사람의 향기에 취해 다녔습니다.

어렵다고 외면하거나 거리를 둔다면 계속적으로 어려운 것은 평생 내 것으로 만들 수가 없다는 것을 세상 사람들은 깨달아야 한다고 생각합니다.

무조건 몸으로 부딪쳐서 이겨 내야지 쉬운 것만 찾아 사는 사람들에게 귀감이 되고 싶습니다.

자전거로 전국 국토 종주는 아무나 할 수 없습니다.

의지, 인내, 강한 체력, 감각적인 운동 신경, 적절하고 기술적인 판단력도 필요합니다.

지금은 60대도 청춘이라 해서 청춘을 짊어지고 62세에 도전했나 봅니다.

젊은 20대도 힘만 가지고는 자전거로 목표 달성을 이룰 수 없다고 단언합니다.

전국 자전거 전용 도로와 일반 도로를 2,300km를 달렸는데, 서울에서 부산까지 400km 정도 되는 걸로 예상하고 자전거로 힘껏 페달을 밟아 서울에서 부산까지 총 3번을 왕복해야 하는 거리를 29일 동안 숙박 시간만 쉬고 달려 목표를 달성했습니다.

자전거를 탈 줄만 알았지 자전거에 대해 아무것도 모른 채 중고 자전거로 그 먼 거리를 무사고로 왔다 갔다 하는 제 자신도 대단했지만, 많은 사람들의 박수를 받고 싶었습니다.

초등학교 때는 무척 똑똑하고 영리한 어린이였습니다. 가난한

집안 때문에 날개를 못 펴고 가난을 원망하며 목표 없이 흥청망청 살 때도 있었지만, 이렇게 목표를 세워서 성공하니 너무나 행복합니다.

행복은 본인이 만드는 것이지 누가 만들어 주지 않는다는 것을 이번 자전거 여행으로 크게 느끼게 되었습니다.

이 책은 재미와 흥미보다는 한 개인의 희로애락을 자전거로 인생 목표를 달성하기 위해 끈기와 인내 포기하지 않고 도전하는 정신 사람의 향기에 취해 좋은 분들과의 만남을 가진 과정을 기록한 책입니다. 그랜드 슬램을 달성한 저에게 박수를 보내 주시면 고맙겠습니다.

책을 다 읽고 나서 한동안 멍한 기분으로 책을 응시했습니다. 너무나 힘들고 외로운 전국 일주를 성공하다니. 나는 엄두도 못 낼 일. 자전거 타고 전국 일주를 한다고 했을 때 정신 나간 사람으로 생각했는데, 2,300km를 달려 그랜드 슬램을 달성해 메달과 인증서를 보여 줄 때 감동했습니다.

성능 좋고 품질 좋은 자전거도 아닌 일반 생활 중고 자전거로 전국을 달려 숱한 고생을 뒤로 하고 이렇게 성공하셨으니, 앞으로 무엇이 두려우시겠습니까?

자전거를 타신 것처럼 사신다면 앞으로 못 하실 일 없으리라 생각합니다.

전국 국토 종주 그랜드 슬램은 인생살이에 크나큰 발자취를 남긴 점에 감탄을 금할 수 없고 인간 승리에 박수를 보냅니다.

사회적협동조합 루앤원 이사장 아라소리모 봉사단 단장

문병조

책 속에 길이 있다는 말들이 있는데, 이 책이야말로 인생길에 좌표가 될 것입니다.

60이 넘은 나이에 전국 일주를 아무 사고 없이 마쳐서 다행입니다.

보통 사람들은 생각조차 못 하는 대장정을 실천하신 최만형 님, 축하드립니다.

정말 대단하십니다.

김용석(인천시 서구 청라커낼로 232)

책을 읽어 보고 내용에 감동했습니다.

초보 작가가 대형 사고를 쳤다고 말해야 맞을 것 같습니다.

29일간의 희로애락이 책이 아니라 드라마나 영화 촬영하는 각본이라고 생각될 정도로 어떻게 그달, 그날, 그 시간에 일어난 그곳에서의 일들이 빈틈없이 맞추어져 가는지. 놀랍습니다.

사업에 실패하고 자신과의 싸움에서 승리한 것에 찬사를 보냅니다.

많은 어려움 속에서 인간 승리와 감동을 선사한 점, 많은 사람에게 귀감이 되어 힘든 세상을 사는 사람들과 함께 나누면 좋을 듯합니다.

최만형 씨의 앞날을 응원합니다.

최규선(인천시 계양구 계양대로 120번길)

인생은 60부터라고들 하지만 나이와 체력의 한계를 넘어 29일 동안 2,300km를 달려 이룬 그랜드 슬램을 축하드리며, 앞으로 몸 관리 잘하셔서 자전거로 외국 여행도 하셔서 한국 사람의 위상을 높이시기에 충분한 능력이 되십니다. 사고 없이 건강하게 돌아오셔서 다행입니다.

신현우(경기 남양주시 다산 지금로 16번길)

차례

작가의 말 · 5

추천사 · 10

프롤로그 · 20
아라서해갑문 무인 인증센터(1)(인천 서구 오류동)

환경부 행정안전부 국토 종주 자전거길

출발 1일째 _ 2023년 10월 10일   25
한강 갑문 인증센터(2)(서울시 강서구 개화동) 오전 8시 57분   25
여의도 인증센터(3)(서울시 영등포구 여의도동) 오전 10시 2분   26
뚝섬 전망 콤플렉스(4)(서울시 광진구 자양동) 오후 1시 26분   26
광나루 자전거 공원 인증센터(5)(서울시 강동구 천호동) 오후 2시 21분   27
능내역 인증센터(6)(경기도 남양주시 조안면 능내리) 오후 4시 58분   28
밝은 광장 인증센터(7)(경기도 남양주시 조안면 진중리) 오후 5시 37분   29

출발 2일째 _ 2023년 10월 11일   31
샛터 삼거리 인증센터(8)(경기도 남양주시 화도읍 구암리) 오전 8시 54분   31
청평 생태공원플랫폼 인증센터(9)(경기도 가평군 청평면 청평리) 오전 10시 18분   32
경강교 인증센터(10)(경기도 가평군 가평읍 대곡리) 오후 12시 14분   33
신매대교 인증센터(11)(강원도 춘천시 서면 신매리) 오후 3시 54분   34

출발 3일째 _ 2023년 10월 12일   37

통일전망대 인증센터(12)(강원도 고성군 현내면 마차진리) 오전 8시 49분   37

북천철교 인증센터(13)(강원도 고성군 거진읍 송죽리) 오전 10시 23분   38

봉포해변 인증센터(14)(강원도 고성군 토성면 봉포리) 오후 12시 22분   39

영금정 인증센터(15)(강원도 속초시 동명동) 오후 12시 56분   40

양양 동호해변 인증센터(16)(강원도 양양군 손양면 동호리) 오후 3시 33분   41

양양 지경 공원 인증센터(17)(강원도 양양군 현남면 지경리) 오후 5시 17분   42

경포해변 인증센터(18)(강원도 강릉시 안현동) 오후 6시 32분   42

출발 4일째 _ 2023년 10월 13일   45

정동진 인증센터(19)(강원도 강릉시 강동면 정동진리) 오후 2시 49분   46

출발 5일째 _ 2023년 10월 14일   48

망상 해변 인증센터(20)(강원도 동해시 망상동) 오전 11시 46분   50

동해 추함 촛대바위 인증센터(21)(강원도 동해시 추암동) 오후 1시 40분   50

삼척 한재공원 인증센터(22)(강원도 삼척시 근덕면 상맹방리) 오후 3시 41분   51

출발 6일째 _ 2023년 10월 15일   53

임원 인증센터(23)(강원도 삼척시 원덕읍 임원리) 오후 12시 12분   54

울진 은어 다리 인증센터(24)(경북 울진군 근남면 수산리) 오후 2시 7분   55

울진 망향 휴게소 인증센터(25)(경북 울진군 매화면 덕신리) 오후 4시 2분   56

출발 7일째 _ 2023년 10월 16일   57

울진 월송정 인증센터(26)(경북 울진군 평해읍 월송리) 오전 10시 57분   58

고래불 해변 인증센터(27)(경북 영덕군 병곡면 병곡리) 오후 12시 31분   59

해맞이공원 인증센터(28)(경북 영덕군 영덕읍 창포리) 오후 3시 41분   60

출발 8일째 _ 2023년 10월 17일   61

포항 월포해수욕장 인증센터(29)(경북 포항시 북구 청하면 월포리) 오후 2시 24분   62

출발 9일째 _ 2023년 10월 18일   65

울릉도 오전 6시 40분   65

독도 오전 11시 22분   66

출발 10일째 _ 2023년 10월 19일   71

울릉도 항구 오후 12시 30분   71

출발 11일째 _ 2023년 10월 20일   73

에코모텔(경북 영천시 금호읍 원제리) 오후 5시 25분   74

출발 12일째 _ 2023년 10월 21일   75

안동댐 인증센터(30)(경북 안동시 상아동) 오후 1시 22분   77

출발 13일째 _ 2023년 10월 22일   79

상수 삼풍교 인증센터(31)(경북 상주시 사벌국면 매호리) 오전 10시 39분   79

상주보 인증센터(32)(경북 상주시 중동면 오상리) 오후 12시 6분   81

낙단보 인증센터(33)(경북 의성군 단밀면 생송리) 오후 2시 16분   82

구미보 인증센터(34)(경북 구미시 해평면 월곡리) 오후 3시 27분   83

출발 14일째 _ 2023년 10월 23일   86

칠곡보 인증센터(35)(경북 칠곡군 석적읍 중지리) 오전 9시 19분   87

강정고령보 인증센터(36)(대구시 달성군 다사읍 죽곡리) 오전 11시 39분   88

달성보 인증센터(37)(대구시 달성군 논공읍 하리) 오후 2시 24분   88

출발 15일째 _ 2023년 10월 24일   90

합천 창녕보 인증센터(38)(경남 창녕군 이방면 등림리) 오후 12시 40분   92

박진고개 구름 재 인증센터(39)(경남 의령군 낙서면 전화리) 오후 4시 2분   93

출발 16일째 _ 2023년 10월 25일   95

창녕함안보 인증센터(40)(경남 함안군 칠북면 봉촌리) 오전 9시 45분   95
양산물문화원 인증센터(41)(경남 양산시 물금읍 물금리) 오후 1시 31분   97
낙동강하굿둑 인증센터(42)(부산시 사하구 하단동) 오후 3시 52분   98

출발 17일째 _ 2023년 10월 26일   104

배알도 수변공원 인증센터(43)(전남 광양시 태인동) 오전 8시 38분   104
매화마을 인증센터(44)(전남 광양시 다압면 도사리) 오전 10시 40분   107
남도대교 인증센터(45)(전남 구례군 간전면 운천리) 오후 12시 19분   108
사성암 인증센터(46)(전남 구례군 문척면 죽마리) 오후 2시 23분   109

출발 18일째 _ 2023년 10월 27일   113

횡탄정 인증센터(47)(전남 곡성군 고달면 뇌죽리) 오전 8시 56분   113
향가유원지 인증센터(48)(전북 순창군 풍산면 대가리) 오전 10시 40분   114
장군 목 유원지 인증센터(49)(전북 순창군 적성면 석산리) 오후 12시 39분   115
섬진강댐 인증센터(50)(전북 임실군 덕치면 회문리) 오후 2시 42분   116
담양댐 인증센터(51)(전남 담양군 금성면 대성리) 오후 4시 20분   117
메타세쿼이아 인증센터(52)(전남 담양군 담양읍 학동리) 오후 4시 50분   118

출발 19일째 _ 2023년 10월 28일   119

담양 대나무숲 인증센터(53)(광주시 북구 용전동) 오전 8시 29분   120
승천보 인증센터(54)(광주시 남구 승촌동) 오전 10시 41분   120
죽산보 인증센터(55)(전남 나주시 다시면 죽산리) 오후 12시 30분   123
느러지 전망대 인증센터(56)(전남 나주시 동강면 옥정리) 오후 3시   125
영산강 하굿둑 인증센터(57)(전남 목포시 산정동) 오후 5시 20분   127

출발 20일째 _ 2023년 10월 29일   129

용두암 인증센터(58)(제주도 제주시 용담2동) 오후 2시 34분   131
다락쉼터 인증센터(59)(제주도 제주시 애월읍 고내리) 오후 5시 24분   132

출발 21일째 _ 2023년 10월 30일   134

해거름 마을공원 인증센터(60)(제주도 제주시 한경면 판포리) 오전 9시 42분   135

송악산 인증센터(61)(제주도 서귀포시 대정읍 상모리) 오전 11시 37분   136

법환바당 인증센터(62)(제주도 서귀포시 법환동) 오후 2시 51분   137

쇠소깍 인증센터(63)(제주도 서귀포시 하효동) 오후 5시 24분   140

출발 22일째 _ 2023년 10월 31일   142

표선 해변 인증센터(64)(제주도 서귀포시 표선면 표선리) 오전 9시 23분   143

성산일출봉 인증센터(65)(제주도 서귀포시 성산읍 오조리) 오전 11시 25분   143

김녕성세기해변 인증센터(66)(제주도 제주시 구좌읍 김녕리) 오후 2시 19분   145

함덕서우봉해변 인증센터(67)(제주도 제주시 조천읍 함덕리) 오후 3시 14분   146

출발 23일째 _ 2023년 11월 1일   150

리젠시모텔(전남 영암군 영암읍 역리)   153

출발 24일째 _ 2023년 11월 2일   155

금강 하굿둑 인증센터(68)(전북 군산시 성산면 성덕리) 오전 10시 30분   155

익산성당보 인증센터(69)(전북 익산시 성당면 장선리) 오후 12시 26분   156

백제보 인증센터(70)(충남 부여군 부여읍 정동리) 오후 3시 36분   158

출발 25일째 _ 2023년 11월 3일   161

공주보 인증센터(71)(충남 공주시 우성면 평목리) 오전 8시 8분   161

세종보 인증센터(72)(세종시 연기면 한솔동) 오전 10시 20분   162

대청댐 인증센터(73)(대전시 대덕구 미호동) 오후 1시 47분   164

출발 26일째 _ 2023년 11월 4일   167

합강 공원 인증센터(74)(세종시 연기면 세종동) 오전 9시   168

무심천교 인증센터(75)(충북 청주시 청원구 정상동) 오전 11시 14분   169

백로공원 인증센터(76)(충북 증평군 증평읍 창동리) 오후 1시 42분   170

출발 27일째 _ 2023년 11월 5일   173

괴강교 인증센터(77)(충북 괴산군 칠성면 두천리) 오전 8시 39분   173

행촌 교차로 인증센터(78)(충북 괴산군 연풍면 행촌리) 오전 11시 37분   175

이화령 휴게소 인증센터(79)(충북 괴산군 연풍면 주진리) 오후 1시 20분   176

문경 불정역 인증센터(80)(경북 문경시 불정동) 오후 2시 48분   177

수안보 온천 인증센터(81)(충북 충주시 수안보면 온천리) 오후 4시 53분   178

출발 28일째 _ 2023년 11월 6일   179

탄금대 인증센터(82)(충북 충주시 칠금동) 오후 1시40분   182

충주댐 인증센터(83)(충북 충주시 종민동) 오후 2시 33분   183

출발 29일째 _ 2023년 11월 7일   186

비내섬 인증센터(84)(충북 충주시 양성면 조천리) 오전 9시 25분   186

강천보 인증센터(85)(경기도 여주시 탄현동) 오후 12시 15분   189

여주보 인증센터(86)(경기도 여주시 능사면 왕대리) 오후 2시 31분   190

이포보 인증센터(87)(경기도 여주시 금사면 외평리) 오후 3시 46분   191

양평군립미술관 인증센터(88)(경기도 양평군 양평읍 양근리) 오후 5시 32분   192

고마운 분들 · 194

작가의 인생 이력서 · 198

아라서해갑문 무인 인증센터(1) (인천광역시 서구 오류동)

정서진 아라서해갑문 노을 피아노, 노을 전망대, 정서진의 상
징 조형물 노을 종, 정서진의 낙조가 끝이 아니라 새로운 출발점
아라 타워 23층 전망대에서 광활한 인천 앞바다와 영종대교를 조
망할 수 있습니다.

아라서해갑문 무인 인증센터에서 첫 번째로 국토 종주 수첩에
도장을 찍고 나서 본격적으로 훈련에 전념해 인천 아라뱃길 서
울 한강길 경기도 일산 파주 김포 대명항 영종도 장봉도 신도시
도 모도로 관광 겸 훈련을 하면서 오늘 10km 타면 내일은 15km,
모레는 20km. 날마다 거리를 늘리면서 멀리 다녀오기를 반복했
더니 처음에는 엉덩이, 다리, 전신이 아프고 힘들어 죽을 지경이
었지만, 계속적으로 훈련에 매진했더니 견딜 만해 훈련에 강도를
높여 집중했습니다. 차쯤 몸이 적응하여 이 정도의 훈련이면 충

분히 전국 국토 종주는 식은 죽 먹기보다 쉽겠구나, 생각하고 출발 날짜를 잡기 위해 며칠을 고심해서 추석 지나고, 10월 9일은 공휴일이라 자전거 동행인들이 많아 불편하니까 10월 10일로 결정하게 되었습니다. 6개의 가방에 공깃밥 가스버너 각종 옷, 라면, 매트, 물, 비상약, 부탄가스, 신발, 생활용품, 침낭, 텐트, 코펠 등을 싸고, 자전거 점검도 모두 마쳤습니다.

환경부 행정안전부
국토 종주 자전거길

오전 8시, 인천시 계양구 박촌동 집을 나왔습니다. 자전거에 약 30㎏의 짐 때문에 운전대가 무거워 자유롭게, 움직이지 않아 페달을 밟으니 엄청난 무게감이 다리로 전달되어 천천히 페달을 밟아 자전거와 한 몸이 되어 일반 도로 따라 귤현역 뒤를 돌아 아라뱃길 자전거 도로에 진입 속도가 안정되어 정숙한 속도로 도착했습니다.

한강 갑문 인증센터(2) (서울시 강서구 개화동)
오전 8시 57분

인증 사진과 동영상을 촬영하고 수첩에 도장을 찍고 다시금 출발하였습니다. 아라뱃길은 한 달간 훈련할 때 자주 다닌 곳이라 익숙한 주행이 이루어지는데, 30㎏ 무거운 짐을 싣고 훈련을 해보지 않고 실전에 운행하려니 적응이 되지 않아 어렵고 힘만 드는데, 자전거길에 천국 같은 한강길은 평일인데도 많은 자전거 동행인들이 쉼터에서 쉬기도 하고, 여러 모양의 자전거가 함께 달려 행주대교를 시작으로 순서대로 이어지는 대교들을 지나 국

회의사당을 바라보면서 여의도 공원에 도착했습니다.

여의도 인증센터(3) (서울시 영등포구 여의도동)
오전 10시 2분

뚝섬 전망 콤플렉스로 출발했는데 뚝섬 인증센터를 못 찾아 광나루 자전거 공원 인증센터에 도착했습니다. 여의도와 광나루 공원 사이에 뚝섬이 없어 다시 뒤돌아 왔다 갔다 여러 번 반복해도 못 찾아 결국 카카오 내비게이션을 자세히 보니 잠실철교를 건너라고 안내하고 있으나, 수첩이나 자전거 지도에는 잠실철교를 건너라는 표시가 되어 있지 않았습니다. 카카오 내비게이션은 훈련할 때도 엉뚱한 길을 안내해 믿음이 가지 않아 안내를 따르지 않고 수첩하고 지도만 믿다가 고생은 고생대로 하고 힘도 들고 지쳤지만, 정신을 가다듬고 카카오 내비게이션의 안내대로 잠실철교를 건너 서쪽으로 한참 내려갔더니 주변이 공사 중이어서 공사하시는 분께 "건너가야 합니다." 하고 양해를 구했습니다. 다행히도 철제 가림막을 치워 주서서 도착할 수 있었습니다.

뚝섬 전망 콤플렉스(4) (서울시 광진구 자양동)
오후 1시 26분

정부 기관에서 인증 수첩이나 자전거길 지도를 반드시 수정하여 자전거 동행인들을 힘들지 않게 해 주셨으면 합니다.

뚝섬에서 잠실철교까지는 오르막 내리막이 많이 심하지는 않지만 힘든 구간입니다. 뚝섬 인증센터 찾는 데 고생을 많이 했더니 앞으로의 일정들이 순탄치만은 않을 것 같아 걱정이 앞서고, 오전과 오후 내내 몇 번을 오고 가고 한 광나루 자전거 공원에 도착했습니다.

광나루 자전거 공원 인증센터(5) (서울시 강동구 천호동)
오후 2시 21분

그곳은 자전거 대여소, MTB 체험장, 자전거 트랙, 어린이 자전거 교육장 시설이 있는 공원이었습니다.

뚝섬 인증센터 찾는 데 시달려서 정신이 없지만 에너지를 충전하기 위해 편의점에서 컵라면에 뜨거운 물을 부어 이온 음료를 들고 공원 파라솔에서 컵라면에 공깃밥을 말아 반찬 없는 늦은 점심 식사를 했습니다. 힘든 식사지만 자전거를 타려면 먹어야 해서 꾸역꾸역 식사를 마치고 다음 목적지 능내역으로 출발은 했는데, 뚝섬 인증센터 때문에 의지가 한번 꺾이니 처음 출발할 때보다는 추진력이 떨어지는 것 같습니다.

남한강 자전거길로 향하니 급경사 언덕이 나타나 많은 짐을 싣고 올라가는데 입에서 자동으로 '헉헉' 소리가 나올 정도로 힘이 들고 땀이 비 오듯이 줄줄 흘러내려 온몸을 적셨습니다. 훈련할 때와는 다르게 빨리 지쳐 가고 한 바퀴 두 바퀴 돌리는 것도 힘들지만, 도시와 멀어져 끝없이 펼쳐지는 하천길과 제방도로 따라 자전거와 나와의 외로운 싸움이 시작되어 더욱 힘들었습니다. 간간이 지나가는 동행인들과 인사를 나누어 조금은 위로가 되고, 오늘 있었던 일과 앞으로의 일들을 머릿속을 정리하며 어차피 시작된 종주길, 시작이 반이라는데 중도 포기란 1%도 없으며, 오로지 그랜드 슬램을 향해 전진을 외치며 힘차게 달렸습니다. 소리 없이 흐르는 한 강 물줄기를 따라 팔당대교를 건너고 팔당댐을 거쳐 팔당 유원지 강변길 따라 자전거길에 진입하였습니다. 그렇게 긴 터널을 달려 나와 기차선로와 기차가 보이는 역에 도착했습니다.

능내역 인증센터(6)(경기도 남양주시 조안면 능내리)
오후 4시 58분

먼저 도착한 외국 여성분이 핸드폰을 삼각대에 고정해 인증센터 부스를 배경으로 동영상을 촬영하는데, 물구나무서기를 몇 번이고 시도해도 물구나무를 못 서는 게 우습기도 하고, 왜 물구나무를 서야 하는지 신기하기도 해 계속 보고만 있으니 지루하다는 생각이 들 즈음 촬영이 끝나 대화를 시도했습니다. 우리나라 말을 못해 의사소통이 잘되지 않았는데, 얼핏 듣기로는 이란에서 왔다고 합니다.

이란 사람들은 기념 촬영을 할 때 왜 물구나무를 서려고 할까?

능내역은 2008년에 폐역되었으며, 기존 건물과 시설을 수리해 자전거 동행인들의 쉼터이자 관광지로 활용하고 있습니다.

능내역 전경을 사진에 담고 출발하는데, 어둠이 밀려오면서 추워지기 시작해 가까운 곳에 숙소를 정하기로 하였습니다. 다산삼거리 지나 자전거길 양쪽으로 숲이 우거져 숲속을 달리는 것처럼 멋진 풍경을 이루어 싱그러움이 코끝을 자극하여 머리가 맑아지고, 조안리 마을을 지나 비닐하우스 농경지를 거쳐 계속 달려갔더니 거리가 가까워 금세 도착했습니다.

밝은 광장 인증센터(7) (경기도 남양주시 조안면 진중리)
오후 5시 37분

자전거길, 한강, 남한강, 북한강으로 이어 주는 삼거리에서 북한강으로 진입하면서 길고양이들에게 밥을 주는 젊은이가 보여 주변에 숙박 시설을 물었더니, 북한강 쪽을 가리키며 한참 가시면 있다고 하여 그쪽으로 향했습니다. 콧노래를 부르면서 소안면 체육공원 물의정원 연꽃군락지 하천길로 끝없이 이어지는 공원경작지와 비닐하우스 농경지, 마음 정원, 이규택석조미술관을 지나 일반 도로로 진입했습니다. 배가 고파 북한강 돌자장집에 들어가 자장면을 주문했더니 1인분은 안 된다고 하여 차림표를 보니 세트로 음식을 파는 특이한 중국집이란 걸 확인하고 배는 고프지만 어쩔 수 없이 나와 열심히 달렸습니다. 그렇게 달리다 보니 숙박업소가 보여 숙소를 스토리 무인텔로 정하고, 자전거는 주차장에 주차하고, 가방은 객실에 두고 돗가비 불 주꾸미 집에서 주꾸미

덮밥에 소주 1병을 먹고 배가 불러 세상이 다 내 것처럼, 부러운 게 하나도 없었습니다.

숙소에 와서 욕조에 뜨거운 물을 담아 피로에 지친 심신과 육체를 담그니 피로가 풀리고, 안마기로 안마받으니 두 배로 피로가 풀려 공중에 날아다니는 착각을 할 정도였습니다.

하루 종일 땀으로 범벅이 되어 지칠 대로 지친 몸, 여러 가지가 힘들게 했던 일들, 앞으로 이보다 더한 일들이 기다리고 있을 것 같아 고민들이 머리를 복잡하게 했습니다. 딱 하루 만에 이렇게 많은 일들이 일어나는데 이틀 지나고 사흘 지나면 엄청난 문제들이 힘들고 지치게 할 것 같아 큰 걱정이 앞서지만, 내세울 것 없이 실패만 한 인생 무너진 삶에 활력소를 얻기 위해서는 더욱더 목표와 목적에 강하게 집착해서 저를 찾아 반드시 그랜드 슬램을 달성할 것입니다.

도전한 자만이 꿈을 이룰 수 있고 기쁨을 맛볼 수 있을 것입니다.

기록으로 남기기 위해 메모를 하고 사진도 찍습니다.

내일의 도전을 위해 오늘 밤 휴식을 갖습니다.

7시 50분 화도 강변 구장 북한강 문화마을 체육공원 일반 도로 따라 듬성듬성 보이는 상가들을 지나 도착했습니다.

샛터 삼거리 인증센터(8) (경기도 남양주시 화도읍 구암리)
오전 8시 54분

먼저 오신 동행인과 그 뒤에 오신 동행인들이 한결같이 짐을 많이 싣고 다니냐고 해서 전국 국토 종주 그랜드 슬램이 목표라고 하니 다들 대단한 도전이라며 칭찬을 해 주셨습니다.

일자로 쭉 뻗은 자전거 전용 터널을 나와 달려가는데 능선이 예쁜 산들이 병풍처럼 펼쳐지고, 일반 도로를 따라 하천과 강변 길을 자동차와 같이 달리면서 아라뱃길과 한강 자전거 도로에서 훈련할 때 느끼지 못한 도로의 차이를 크게 느끼게 되었습니다. 동시에 '앞으로의 어려움을 몸과 마음으로 똘똘 뭉쳐 헤쳐 나가자'라는 생각을 하게 되었습니다.

아라뱃길과 한강은 자전거 전용 도로라 자전거가 달리기는 최상의 조건을 갖추었지만, 서울을 지나 지방으로 갈수록 도로 상태도 안 좋으면서 자동차와 같이 달리니 아주 위험하고 불편하기도 하고, 아라뱃길과 서울 근교 자전거 도로에는 작은 언덕은 있지만 긴 언덕은 없는데, 지방 자전거 도로는 상상을 초월하는 급경사에 긴 언덕이 많아 각오를 단단히 해야 합니다.

아라뱃길과 서울 근교 자전거길처럼 전국 자전거길도 똑같이 만들어진 줄 알고 그랜드 슬램은 식은 죽 먹기보다 싶다고 생각하고 도전했는데 너무나 큰 차이를 느껴 마음이 무겁고 걱정이 등을 짓눌립니다.

작은 오르막은 왜 이리 많은지. 30kg 짐을 싣고 평지 달리기도 힘든데 언덕만 만나면 자전거를 타고 올라갈 수 없어 끌고 가야 해서 힘이 더 들었습니다. 언덕을 한 번 오르고 나면 온몸이 땀으로 젖어 지칠 대로 지쳐서 자전거 타기가 무서워집니다. 특히 언덕을 올라갈 때가 제일 힘이 들지만 어쩔 수 없다는 생각에 작은 걸음이 큰 걸음이 되도록 한 발짝 두 발짝 끌고 오릅니다.

강변길 따라 대성리 거쳐 하천길 따라가다 도심을 벗어나 산과 강물만 보이고, 가끔 수상 보트가 물보라를 일으키며 신나게 질주하는 모습이 보입니다. 자전거 전용 도로를 따라 도착했습니다.

청평 생태공원플랫폼 인증센터(9) (경기도 가평군 청평면 청평리) 오전 10시 18분

수첩에 없는 인증센터지만 부스 안에 도장이 있어 방문한 기념으로 수첩 빈칸에 도장 찍고 주변을 둘러보니 일자로 쭉 뻗은 자전거길이 있고, 철교 위로 전철이 지나가고, 멀리 강물이 보이는 순수한 공원을 나와 유명한 가평 달진 천 벚꽃길로 자라섬 거처 왔습니다. 그런데 카카오 내비게이션이 경강교 인증센터를 찾지 못해 근처를 몇 바퀴 돌다 지쳐 자전거 동행인들께 물어물어 찾았더니 이미 지나간 길에 있었는데, 지나면서 왜 못 보고 지나쳤는지 모르겠습니다.

카카오 내비게이션이 엉뚱한 안내를 많이 해 당황스러울 때가 빈번하게 발생합니다. 이대로 시간을 허비한다면 일정에 차질이 생길 것으로 예상됩니다.

경강교 인증센터(10) (경기도 가평군 가평읍 대곡리)
오후 12시 14분

저는 혼자서 외롭게 자전거를 타지만 동호회 동행인들은 여럿이 함께 자전거 여행을 하는 걸 보면 매우 부럽고 그들이 행복해 보입니다.

많은 짐을 싣고 달리니 힘도 많이 들고 몸은 지치지만, 가끔 부러운 시선으로 자전거 동행인들께서 저를 보고 지나면서 엄지 척을 해 줄 때는 왠지 모르게 신이 납니다. 일반 도로 언덕길 따라 경강교에서 강변길 따라 그림 같은 경치가 이어져 한눈을 팔 수 없이 레일바이크가 철길을 따라 달려가고 강변길 양쪽으로 산으로 둘러싸여 경관을 이루고 백양리역, 지나 강촌리 연경 식당에서 막국수로 점심을 먹고 쉬지 않고 강촌교 넘어 강변길이 끝없이 이어져 박사마을 어린이글램핑장 애니메이션박물관 강원창작개발센터 춘천문학공원 거쳐 다시 강변길에 진입 손을 뻗으면 강물이 닿을 정도로 가깝게 자전거길이 조성되어 강물 위를 달려가는 착각을, 하면서 하천길로 가다 다시 강변길로 계속 달려 북한강에 마지막으로 도착했습니다.

신매대교 인증센터(11) (강원도 춘천시 서면 신매리)
오후 3시 54분

강원도 춘천시 서면 신매리에 있는 다리로 신사우동을 잇는 다리에 왔습니다.

동해안 자전거길로 행선지를 바꾸기 위해 춘천 서면에서 고성까지 달리는 길에는 자전거길이 따로 없어 일반 도로로 가야 합니다. 그러나 자전거가 달리기에는 아주 위험하고 언덕이 많아 화물차로 이동하기로 결정했습니다. 화물차를 호출하니 40분 정도 기다리면 된다고 해서 휴식을 취하면서 기다렸습니다.

한강을 지나 북한강에서 고성으로 일정을 잡은 건 추워지기 전에 강원도를 먼저 시작해야 모든 일정이 원활하게 진행될 것 같아 결정한 코스입니다.

화물차가 도착해 자전거를 싣고 고성으로 가면서 화물차 사장님과 대화 중 62살 동갑이라는 걸 알게 되었습니다. 사장님은 자전거를 오래전부터 전문적으로 타서서 자전거에 관해 상식과 기술이 많아 걸어 다니는 백과사전과 같은 분이시고, 화물차를 신차로 구매하여 시작하신 지가 오늘로 3일째 되는 초보라고 하셨습니다. 서울 강서구에 살면서 강화에 농막과 비닐온실을 지어 주말농장처럼 지내면서 배추와 무를 심었으니 김장하신다면 주겠다고 하시는데, 이렇게 인연이 이루어진다는 것에 놀랍기도 하지만 자전거 여행을 하지 않았다면 한 번도 못 만날 인연이고, 좋은 인연이 만들어지는 좋은 만남을 가지니 자전거 여행이 즐거워지고 행복해지기 시작했습니다.

끝없이 이어지는 대화 속에 피곤하고 지친 몸도 피로가 풀리는 행복한 시간 속에 2시간 이상을 달려 고성 입구에 들어서니 어두운 밤이 되어 여기가 어디고 저기가 어디인지 도통 알 수가 없었습니다. 통일전망대 검문소로 진입하니 군인들이 검문하면서 돌아가라 해서 차를 돌려 숙소를 찾아 나섰지만, 아무리 돌아다녀도 알 수 없어 신호 대기 중인 차에 가서 금방에 숙소가 있는지 물어물어 거진항까지 찾아가는 데만 1시간 이상이 소비됐습니다. 거진항에 들어서니 숙박 시설들이 눈에 보여 일단 안심하고 배가 고파 화물차 사장님과 함께 이모네 식당에서 생선구이로 저녁 식사를 마치고, 자전거를 내리고, 아무 불만 없이 도와주신 화물차 사장님 눈물이 날 정도로 감사해서 약속한 화물비보다 더 드렸습니다. 금액에 관계없이 더 드릴 수 있을 정도로 감사했습니다.

다른 화물차 기사님이라면 도착지에 자전거 내려 주고 그냥 떠날 수도 있는 일이었지만 묵묵히 함께해 주신 화물차 사장님 덕분에 오늘부터 '사람의 향기를 싣고 달리는 자전거'로 명명하여 전국 자전거길을 달리며 사람의 향기에 흠뻑 취해 보겠습니다.

선인장 여관에 들어와 샤워하고 이것저것 생각하고 있는데, 화물차 사장님에게 전화가 왔습니다. 헬멧을 두고 내려 강릉에서 주무신 후 내일 거진항으로 다시 오겠다고 해서 너무 미안하니 강릉 편의점에 택배 생각하고 맡겨 놓으시면 내가 돈을 지불하고 찾아가는 게 어떻겠냐고 했는데 거진항으로 꼭 오신다고 하시어, 그렇게 하기로 하고 통화를 마쳤습니다. 자전거를 하차할 때 뒤 짐칸에 놓아둔 헬멧을 가지고 내리지 않은 걸 확인하시고, 헬멧은 자전거 탈 때 필수적으로 필요한 것인데 위험해서 강릉에서 하룻밤을 묵은 후 갖다주어야 마음이 편하다고 하시니 사람의 향기가 원 세상을 덮는 것 같습니다. 저는 복 받은 사람입니다.

누가 이렇게까지 신경 쓰면서 헌신할 수 있을까?

아침 일찍부터 서둘러 준비하고 있으니 화물차 사장님이 도착하셔서 식사를 먼저 하기로 하고, 가까운 식당에서 우거지 해장국을 주문하고 주변을 둘러보았습니다. 주방 입구 벽에 암벽 타는 사진과 상장들이 있어 식당 사장님께 문의했더니 아들이 암벽 타기 국가대표 선수라며 자세한 설명을 해 주셔서 아들이 대단해 보여 화물차 사장님과 똑같이 훌륭한 아들이라고 칭찬하며 축하했습니다.

처음 본 손님이고 처음 온 식당이지만, 사람 사는 향기가 나는 것처럼 꼭 가까운 사이가 된 것 같았습니다.

식사를 끝내고 자전거를 싣고 통일전망대 인증센터에서 자전거를 하차하고, 짐을 덜기 위해 국토 종주가 끝나면 강화에서 건강식품과 노트를 찾아가기로 하고 화물차 사장님께 너무 감사해서 돈을 드렸더니 안 받겠다 하셨지만, 차 안에 넣어 두었습니다.

통일전망대 인증센터 (12) (강원도 고성군 현내면 마차진리)
오전 8시 49분

　강원도에서의 첫 시작은 날씨도 좋고, 기분도 좋았습니다. 첫 페달이 부드럽게 돌아 힘찬 주행이 이루어져 해안 도로 따라 마차진 해수욕장, 대진 해수욕장을 거쳐 급경사 오르막에 올라 대진등대가 정면으로 보이고, 우리나라 최북단 대진항 해상공원, 대진해수욕장 해안 도로를 따라 초도항 해수욕장, 화진포 해수욕장, 이승만 김일성 별장이 있는 화진포호수를 지나 바닷가를 따라 어제 숙박했던 거진항을 지나 철책선을 따라 부지런히 달렸습니다. 10월인데도 날씨가 더워 땀을 쏟으며 달려 체력 소진이 빨리 와 온몸이 지쳐 갔습니다. 그래도 힘을 내 거진 해수욕장, 반암 해수욕장, 농노길 따라 한눈에 들어오는 북천철교를 건너 도착했습니다.

북천철교 인증센터(13) (강원도 고성군 거진읍 송죽리)
오전 10시 23분

옛날에는 기차가 다니는 철교였는데, 6.25 전쟁 때 폭파되어 방치되어 있다가 자전거길 전용 교량으로 탈바꿈되어 멋진 다리로 변신해 있었습니다. 구경도 할 겸 인증센터 옆 정자에서 철교를 바라보면서 전쟁의 아픔과 슬픔을 기억하는 시간을 가지며 휴식하고 다시 출발하였습니다. 동해안 자전거길이라고 무조건 바닷가나 해안 도로를 가는 게 아니고 농로 길 산길 따라 마을로 다니면서 농촌의 향수에 젖어 달리기도 했습니다.

가진항 해수욕장, 공현진리 해수욕장, 송지호 해수욕장에서 바라보는 죽도가 파도를 맞으며 외로워하고, 해수욕장이 셀 수 없이 줄지어 있는 지역을 지나 삼포 해수욕장에서 한눈에 보이는 하얀 백사장 가운데에 바위섬처럼 큰 바위들과 작은 바위들이 자연 조각공원을 이루고, 초록빛 바닷물이 철썩철썩 파도가 치는데 너무나 아름다워 한참 넋을 잃고 바라보았습니다. 혼자만 보면 너무나 아까운 경치라 동영상 촬영을 해 지인들에게 보내 주었더니 다들 여기가 어디냐고 문의와 칭찬이 빗발쳤습니다. 동해 바닷가 자연이 주는 아름다움에 감사하며 자작도 해수욕장 농노길 따라 상업 지역을 지나 백도 방파제를 바라보며 우측으로 돌았습니다. 백도 해수욕장 농노 길로, 교암리 해수욕장 백사장 우측으로 산을 돌아 가파른 산길을 넘어 아이진 해수욕장 해안 도로를 따라 달리면 속초시에 진입할 수 있게 됩니다. 어촌마을, 상업 지역, 청간 해변길을 따라 데크 길로 가다가 깜짝 놀라 동상이 되어 멈추고 말았습니다.

언덕길이 나무 계단으로 만들어져 있어 황당해하며 화가 났지만 어찌해야 하나 고민이 되었습니다. 여섯 개의 가방을 분리해 들고 오르내리기가 만만치 않아 도저히 올라갈 자신이 없어 청간정으로 가는 걸 포기하고 일반 도로로 우회하기 위해 뒤돌아 나와 일반 도로로 달려 다시 자전거 도로를 달리는데, 공사로 인해서 길이 차단되어 다시 일반 도로와 자전거 도로 달리기를 반복했습니다. 그렇게 천진 해수욕장 상업 지역을 지나 시내를 관통해 도착했습니다.

봉포해변 인증센터(14) (강원도 고성군 토성면 봉포리)
오후 12시 22분

해풍 공원 규모가 크고 시설들이 많아 구경거리가 많아 다 볼 수 없고, 이리저리 바라보니 방파제가 있고, 봉포해변의 백사장이 펼쳐져 있고, 그 옆으로 자전거길이 함께해 바다의 향기를 마시며 달릴 수 있어 좋고, 포토존인 하트 모양의 오브제도 있어 바다를 등지고 사진을 찍으면 멋진 작품이 되겠습니다.

대형 켄싱터 리조트 앞에 전용 백사장이 있어 여름 휴가철에는 피서객들로 인산인해를 이루고, 용천리 마을을 관통해 장사항 상업지구를 지나 등대 해수욕장 백사장 해안 길을 따라 도착했습니다.

영금정 인증센터(15) (강원도 속초시 동명동)
오후 12시 56분

　인증센터가 바닷가에 자리 잡고 있어 경치도 좋지만, 계단 따라 언덕에 올라 속초 등대 전망대에서 바다를 바라보면 멋진 풍경을 감상할 수 있습니다. 그곳에는 파라솔을 이동식 분양 사무실로 쓰면서 광고지 나누어 주는 여성 두 분이 점심을 들고 계셨습니다.

　파도가 바위에 부딪치면서 내는 소리가 거문고 소리와 같다 해 영금정이라 불리며, 바닷가에 자리 잡은 정자에서 바라보는 동해의 일출이 장관이랍니다. 해안 도로를 따라 상업 지역을 가로질러 동명항 쪽 경치를 감상하면서 속초항 국제여객터미널을 지나 도심 도로를 따라가다 고기촌 설렁탕에서 점심을 먹었습니다. 그 후 거대한 철 구조물이 보이는 금강대교를 넘어 설악대교를 건너고 시내를 관통해 해안 도로를 따라 달리다 보면 속초 해수욕장 백사장이 한눈에 들어올 정도로 넓게 펼쳐져 저도 모르게 '우와' 소리가 나오며 감탄하게 됐습니다. 해송림 외치항을 지나 대포항은 중세 시대의 경기장처럼 둥글게 만들어져 시선이 멈추고, 상점들이 끝도 없이 이어져 있어 속초는 큰 관광 도시라 여기며, 설악 해맞이공원 쌍천교 건너 물치항 자전거길이 해안가에 만들어져 바닷물이 가까이서 파도를 치고 있었습니다. 정암 해수욕장을 거쳐 설악 해수욕장 상업 지역을 좌측으로 원을 그리며 돌아 일반 도로에 진입해 산길을 넘어 낙산사 상가를 거쳐 낙산해수욕장 농경지 길로 가다 보면 송전해수욕장을 지나칠 수 있습니다.

쏠비치 양양을 뒤로하고 급경사 언덕을 만나 자전거를 한참 끌고 올라갔더니 동호 방파제 해변의 아름다운 경치가 한 폭의 그림처럼 펼쳐져 아름다움을 뽐내고 있는 곳에 도착했습니다.

양양 동호해변 인증센터 (16) (강원도 양양군 손양면 동호리)
오후 3시 33분

해수욕장 모래가 곱고 부드러우며 바닷물이 깨끗해 풍광이 뛰어난 곳에 도착했습니다.

여운포리 마을 길 따라 중광정 해수욕장 백사장을 건너 하조대 해수욕장에 함께 있는 하조대 정자가 좋고, 등대가 예뻐 한눈을 팔 수 없을 정도로 아름답게 펼쳐지는 경치를 바라보면서 달렸습니다. 기사문 해수욕장 옆에 낯익은 38선휴게소가 있었고, 동해안 여행을 할 때마다 보고 지나가는 역사와 전통이 함께하는 아름다운 휴게소 강원도 길은 지금까지 지나온 길들과 똑같은 길들이 이어져 반복되어 달리는 것처럼 도로 형태가 비슷하다는 착각을 하게 하고는 합니다. 일일이 쓸 수 없는 수많은 해수욕장을 거쳐 철책선 해안 도로를 따라 남애항을 거쳐 지경리 해수욕장 자전거길 바로 옆으로 백사장이 쭉 이어져 여름에는 해수욕장 이용객하고 인사하며 달릴 정도로 자전거길이 붙어 있습니다. 쭉, 펼쳐진 철책선과 자전거길 전용 도로에 인증센터가 자리 잡고 있어 그곳으로 향했습니다,

양양 지경 공원 인증센터(17) (강원도 양양군 현남면 지경리)
오후 5시 17분

잘 조성된 공원에 특별하게 소나무가 무리를 이룬 곳에 의자 2개가 놓여 있어 이곳에서 쉬고 가라 하지만, 안 된다고 고개를 흔들며 뿌리쳤습니다, 한가로운 도로에 바다가 가까워 파도 소리가 귓가를 때리니, 앉아 쉬면서 사색에 잠기고 싶지만 시간이 없어 백사장 따라 주문진 해수욕장 일반 도로로 어촌마을에서 해안 도로 주문진항에 오니 오징어 동상이 웅장하게 자리하고 있었습니다. 관광객들로 인산인해를 이루는 복잡한 주문진항을 빠져나와 해양 박물관 영진항을 통과하여 영진교 건너 산길로 진입했습니다. 강릉원주대학교 해양생물연구센터를 지나 한적한 자전거 길로 주행하니 온몸이 지쳤다고, 그만 멈추라고 의지가 꺾여 오지만 큰 소리로 "다 왔는데 조금만 힘내자, 만형아!"를 외치면서 비몽사몽으로 페달을 밟으니 소나무 군락지 사이 자전거길을 지나 도착하게 되었습니다.

경포해변 인증센터(18) (강원도 강릉시 안현동)
오후 6시 32분

밤이 되어 아름다운 야경에 소나무 숲도 있고 바닷가도 가까워 낮에 보면 더 좋은 경치를 보여 주겠습니다.

강릉 사는 친구와 약속을 지키기 위해 엄청난 무리수를 두면서

124km를 짐 30kg 싣고 달렸더니 너무나 힘들고 지쳐 더 이상 자전거를 그만 타고 싶지만, 경포해변에서 친구와 약속한 강릉 교동까지 7km를 더 가야 하는데 기다리는 친구를 생각해 안 갈 수 없어 쓰러지더라도 가야 한다는 독한 마음으로 야간 등 켜고 티맵 내비게이션 지시대로 일반 도로를 자동차와 같이 달려 강릉 교동 파인힐모텔에 숙소를 정하고 친구를 만나 삼겹살에 소주를 먹으면서 대화를, 하면서 우정을 나누는 장수호 친구는 비데, 사업할 때 강릉지사장 나이도 동갑이어서 친구로 지냈으며 벌써 26년이 되어 만날 때마다 반갑고 정이 넘쳐 강릉에 가면 무조건 만나고 가는 정해진 길 식사가 끝나 숙소에서 휴식하면서 강한 결심을 했습니다.

아무리 힘들고 지쳐도 포기란 단어는 없고 오르지, 전진만 할 것이고 꼭 필요하지 않은 잡동사니 짐들을 줄이겠다.

강원도는 지형적 위치로 볼 때 산이 많고 바닷가가 많아 직선거리가 많지 않으며 굽은 길이 많은 데다 가파르고 급경사 언덕길에 도로포장도 안 좋고 비포장도로도 있으며 언덕에 계단을 만들어 놓아 짐 많이 실은 자전거는 끌고 도저히 계단을 오를 수 없어 일반 도로로 우회해서 돌아가기 공사 중으로 길이 끊어져 일반 도로 우회하기 동네 마을 뒷산으로 자전거 끌고 등반하기 글로 표현을 다 못할 정도로 문제가 많은 자전거길 자전거 타는 사람들이 각 지역에서 온 나그네라고 하지만 이렇게까지 길이 험하고 관리가 안 될 수 있을까? 지역 주민이 사용한다면 정말로 이렇게 관리 될 수 있을까? 하고 의문을 가진, 반면에 일부는 관리가 잘된 곳도 있지만 실망이 많은 곳 동해안 자전거길은 바닷가 해안 도로로 같이 경치가 좋은 것처럼 자전거 도로도 아름답게 만들어 주면 좋겠습니다.

숙소를 나와 빨래방에 가서 그동안 모아 놓은 빨래를 1시간 정도 하고, 짐 때문에 이동이 너무 힘들어 교동 우체국에서 지금까지 한 번도 쓰지 않은 물건들을 인천 집으로 택배를 보내고, 인터넷에서 구매한 가스버너가 고장이 나서 물을 끓여 라면이라도 먹기 위해 생활용품점에서 가스버너를 구매했습니다. 10시 30분부터 강릉 교동에서 일반 도로를 7km 정도 달려 자전거 도로로 합류했더니 그 도로는 기존 도로 가장자리를 자전거 도로로 사용하는 도로다 보니 위험하고 긴장되어 천천히 달렸습니다. 공항대교를 건너 덕봉 공원을 거쳐 가파른 언덕을 자전거와 함께 걸어 올라 삼거리에서 좌회전하여 숲속 길로 산길이 이어져 쭉 들어가는데, 엄청난 굉음이 고막이 터질 것처럼 울려 퍼져 언덕에서 바라보니 강릉 공군 비행장 활주로가 쭉 뻗어 있고, 전투기 소음이 귀가 아플 정도로 크게 울려 퍼지고 있었습니다. 여기 사시는 주민들은 소음으로 난청 환자가 될 것 같아 사람이 살기에는 아주 안 좋은 곳이란걸 몸소 체험했습니다.

비행장이 있어 유일하게 해안 도로가 아닌 오래전부터 주민들이 사용한 길을 자전거길과 같이 쓰도록 만들어져 도로포장도 좋지 않고, 자전거길에 자동차, 농기계가 주차되어 있었고, 각종 쓰레기가 떨어져 있었습니다. 자전거길에 대한 잘못된 인식이 심어진 것 같습니다.

마을 길로 가다 농노 길을 따라 이 마을 저 마을 구경하며 비행장 군부대를 정면으로 보며 우회전하여 골프장 우측으로 돌아 바다 경치가 좋은 갯목 어촌마을 내에 자리를 잡고 컵라면을 먹는데, 라면이 코로 들어가는지 입으로 들어가는지 모를 정도로 눈앞에 펼쳐진 경치에 눈을 뗄 수 없었습니다. 경치에 매료되어 정신을 차릴 수 없이 먹고, 해안 도로를 따라 정동진 오토 야영장이 해안가에 있어 캠핑하시는 분들은 멋진 곳에서 야영하시겠고, 일반 도로의 산길을 따라 끌고 달리기를 몇 번을 반복하고 정동진역을 통과하고 해수욕장을 지나 모래시계공원에 도착했습니다.

정동진 인증센터(19) (강원도 강릉시 강동면 정동진리)
오후 2시 49분

정동진 해변 역에는 레일 바이크, 모래시계 공원, 썬크루즈 호텔 등등이 있습니다.

정동진은 수를 헤아릴 수 없이 많이 와서 올 때마다 반갑고 좋지만, 오늘은 무척 힘이 들고 지치네요,

어제 무리해서 그런지 급격히 체력이 떨어져 오늘은 그만하기로 하고 여관에 가서 욕조가 있는 방을 달라고 했더니 기본 방값에 1만 원 더 달라면서 뜨거운 물 많이 쓰면 안 된다고 눈치를 주는데, 돈을 주고 구박받는 것 같아 기분이 안 좋았습니다.

정동진 전복 해물 뚝배기집에서 전복 해물 뚝배기에 소주 한 병으로 저녁 식사를 마치고, 바닷가에서 산책하고, 산 절벽에 걸쳐져 있는 썬크루즈 호텔을 배경으로 동영상을 촬영하여 지인들에게 전송을 해 주니 모두가 좋아했습니다.

숙소에 와서 욕조에 뜨거운 물을 받아 피로를 풀면서 어제 있었던 일과 오늘 있었던 일을 회상하면서 반성도 합니다.

앞으로는 너무 급하게 서두르면 안 되겠다는 교훈을 얻고, 체력 관리를 잘못하면 달리고 싶어도 달릴 수 없다는 생각이 들어 힘들면 속도를 늦추면서 천천히 체력을 관리하면서 달려야겠습니다.

오전 8시 30분, 정동진 숙소를 나와 썬크루즈 호텔로 올라가는 급경사 언덕을 만나 지치기 시작했습니다. 오르고 올라도 언덕길이었습니다. 오르다 쉬고 또 오르다 쉬고를 몇 번 반복해 정상에 오르니 내리막이 보여 미소를 지으면서 언덕을 올라 내리막으로 보상을 받는 기분을 만끽했습니다. 자전거를 타는 사람만 아는 사실에 온몸이 짜릿해지고, 내려갈 때 최대한 브레이크를 잡지 않고 달립니다.

　자동차는 엔진 브레이크라도 있지만 자전거는 앞뒤 브레이크로 제동하기 때문에, 계속 브레이크를 잡으면 마찰이 심해 제동이 안 될 수 있어 최대한 브레이크를 짧게 잡고 내 방식대로 제동하며 내리막길을 달려갑니다. 강원도의 가파른 내리막길을 달리면서 브레이크가 생과 사를 결정지을 수 있다는 걸 크게 깨달으면서 생각해 보니 훈련할 때 중고 자전거라 그런지 브레이크가 자꾸 고장을 일으켜 동네 수리점에서도 못 고쳐 출장 나오는 수리 기사도 못 고치고, 아라뱃길 노상에서 수리하시는 분도 4시간 동안 씨름하고도 못 고치는 걸 부평 캐빈 님의 추천으로 지오닉스 고용천 부장님께서 완벽하게 고쳐 주셔서 안전하게 운행할 수 있게 되었습니다.

강원도 자전거길을 다니면서 가파른 내리막길에서 수리된 브레이크 장치의 우수성을 실감하며 수준 높은 고용천 부장님의 기술을 자전거 명장이라고 칭하고 싶습니다. 부평 캐빈 님은 아라 뱃길에서 훈련할 때 브레이크 고장 문제로 노상에서 수리하고 있는데, 자전거 부속을 구하러 다니시다 우연히 만나 수리하는 걸 함께 지켜보면서 서로 대화하다 보니 자전거에 대해서는 걸어 다니는 백과사전처럼 박식한 분이라는 걸 알게 되었습니다, 자전거에 대해서 이것저것 알려 주시고 교육도 해 주서서 깊은 신뢰를 하여 점심을 함께하면서 자전거 수리 전문가를 추천해 주신 분이 지오닉스 고용천 부장님이었습니다. 부평 캐빈 님을 만나지 못했다면 브레이크 문제로 큰일을 당할 수도 있었을 것입니다. 생각하니 부평 캐빈 님과의 만남이 큰 행운이 함께한 것 같습니다.

산속 길로 한참을 달려 곡선 길을 만나 대관령 곡선 길을 생각하며 심곡항을 바라보니 시야가 넓어져 가슴이 뻥 뚫리고, 해안 도로를 꾸불꾸불 돌고 돌아가는 바닷가 경치가 아름다워 눈이 즐거워하고, 망상역 앞에 동해 보양 온천이 있어 온천욕으로 힘들고 지친 육체의 피로를 한 방에 날려 버렸습니다. 지금까지 다녀본 온천 중에 최고의 시설을 갖춘 동해 보양 온천. 다음 동해안 여행 때는 무조건 방문하겠습니다.

최고의 기분으로 달려 망상 해수욕장 야영장을 지나 도착했습니다.

망상 해변 인증센터(20) (강원도 동해시 망상동)
오전 11시 46분

동해의 해변은 아름답고 신비스러워 초록빛이 빛나는 깨끗한 바닷물과 철썩이는 파도 소리가 거칠지 않아 한 곡의 자장가로 들립니다. 바닷가의 풍경을 눈에만 담기에는 아쉬운 보배 같은 바다. 그 어떤 시로, 글로 다 담아낼 수 있을까?

점심은 바다를 바라보면서 컵라면에 공깃밥을 말아 반찬 없이 우적우적 먹었습니다. 식성 하나는 타고나서 뭐든 없어서 못 먹을 정도로 잘 먹어 지금까지 반찬 투정을 해 본 적이 없습니다.

대진해수욕장 대진항 어달항 상업 지역을 지나는 곳 해상에 멋진 다리가 시선을 붙잡고, 지명만 보아도 유명한 묵호항 상업 지역 시내를 통과해 철길 대교 밑으로 동해항 국제 여객 터미널을 지나 산속 언덕길 따라갔습니다. 그렇게 추암역 광장에서 해수욕장을 거쳐 도착했습니다.

동해 추암 촛대바위 인증센터(21) (강원도 동해시 추암동)
오후 1시 40분

촛대 모양을 한 석회암 바위는 애국가의 첫 소절의 배경으로, 촛대바위는 한 폭의 동양화처럼 눈을 뗄 수 없을 정도로 아름다웠다. 자연 경관에 감탄하면서 바닷가 은빛 모래사장이 예쁘게 만들어진 곡선 모양의 다리를 바라보았다. 오랜 세월 동안 해풍을 맞으며 자란 푸른 소나무들이 살아 숨을 쉬는 그림 같은 곳을 지나 증산 해수욕장 백사장으로 파도가 세게 쳐 큰 물보라를 일으키고, 삼척 해수욕장 해안 도로가 바다와 가까워 파도가 세게 치면 바닷물이 도로 위로 넘칠 것 같았고, 삼척교를 건너 오분동 마을 산길 언덕을 넘어 도착했습니다.

삼척 한재공원 인증센터(22) (강원도 삼척시 근덕면 상맹방리)
오후 3시 41분

일반 도로 산길로 힘들게 오르내려 해송림 조림 지역을 지나 3개 맹방 해수욕장으로 이어지는 백사장 바닷가 농경지로 산길을 따라 달렸습니다. 삼척 해양 레일바이크 궁촌 정거장을 지나 산길로 가는데, 슬슬 추워지고 조금 시간이 지나면 금방 어두워질 것 같아 숙소를 정해야 해서 산길 중턱 삼거리에서 좌회전을 했습니다. 초곡항으로 가는 길이 내리막길이어서 좋았지만, 내일 돌아갈 일이 걱정됐습니다. 그러나 오늘을 위해서는 어쩔 수 없는 선택이었습니다. 황영조 기념관을 지나 초곡항에 도착했습니다. 첫 번째 민박집에 방이 없어 불안해하면서 두 번째 초곡바다 펜션으로 향했습니다. 다행히도 방이 하나 있었는데, 조금은 망설여지는 방이었지만 선택의 여지가 없어 그곳으로 결정했습니다. 날마다 진행 상황을 예측할 수 없어 방을 예약하지 않고 그때그때 숙소를 얻다 보니 항상 숙소 때문에 걱정이었습니다.

짐을 풀고 서둘러 식당에 가 멍게비빔밥에 소주 1병으로 저녁 식사를 마치고, 숙소에서 샤워하고 나서 매일 전화 통화를 하다시피 하는 최규선 형님에게 오늘 하루 자전거 운행 일지를 보고하고 위로를 받으며 하루의 피로를 풀었습니다. 전화 통화를 한 최규선 형님은 제가 전기사업을 할 때 보일러 설비를 하셨으며, 함께 지내 온 세월이 30년이 훌쩍 넘어 서로를 너무나 잘 알고 있으며, 서로가 위로받으며 친형제처럼 지내고 있습니다.

내일 일정을 검토하고 오늘 하루를 마감합니다.

　　오전 9시에 숙소에서 몸만 나와 초곡항 용굴 촛대바위 길로 구경을 갔는데, 바닷가 위로 다리를 놓아 자유롭게 구경할 수 있게 만들어져 있었습니다. 작은 출렁다리와 기암괴석들이 바닷가 가까이에 자리 잡고, 산 절벽에도 바위들이 갖가지 모양들을 하고 있어 느껴지는 자연의 아름다움에 감탄이 절로 나왔습니다. 눈으로만 보고 기억하기에는 너무 아까워 연신 사진을 찍는데, 이른 아침인데도 관광객들이 많이 오셔서 구경하고 있었습니다.

　숙소에 와서 짐을 꾸려 자전거에 싣고 10시 5분 초곡항을 나와 어제 걱정했던 대로 시작부터 급경사 언덕길 때문에 무척이나 씩씩 대면서 자전거를 끌고 오르니 갈수록 체력이 떨어져 힘들고 지쳐 악을 쓰며 최만형 힘내자 힘내 힘차게 언덕을 올라가자, 큰 소리로 노래 아닌 장송곡처럼 슬프게 떠들며 언덕에 올라 황영조 기념관 공원이 있지만, 언덕을 오르다 지쳐서 구경도 하기 싫어져 그냥 지나갈 수밖에 힘이 들고 지쳐 가니 주위의 풍경과 환경이 눈에 들어오지 않고 신경만 날카로워져 가고 꼬불꼬불 일반도로 산길 따라 용하리 마을, 지나 삼척 해양 레일바이크 용화 정거장에 여행을 자주 왔던 곳이라 반갑지만, 뒤로 하고 용화 전망대에서 바닷가를 바라보는데 바위에 철썩이는 파도가 매섭고 사납지만, 경관은 아름답습니다.

감남리 마을 지나 곡선도로가 많아 정신 집중하며 달려 인공어초를 제작하는 공장을 돌아 임원리 마을 통과해서 임원항 언덕을 올라 임원 쉼터 지나 도착했습니다.

임원 인증센터(23) (강원도 삼척시 원덕읍 임원리)
오후 12시 12분

뜨거운 태양 아래 외롭게 서 있는 인증센터 지명 글씨가 햇빛에 희미하게 잘 보이지 않는 여기까지가 동해안 강원도길 마지막 도착지입니다. 반복적인 일들을 끝내고 자전거를 끌고 가는데 자전거길 중앙에 글씨가 있어 자세히 살펴보니 자전거 수리점 전화번호가 새겨져 있는 것을 발견했습니다. 브레이크 소리가 심하게 나서 이상이 있는 것 같아 어디 가서 수리받을까 생각 중이었는데, 드디어 기회가 되어 전화해서 주소를 받아 삼척 수리점에 도착했더니 먼저 온 외국 청년이 수리를 받고 있었습니다. 체격이 나의 두 배가 될 정도로 커서 위화감까지 들어 거리를 두고 지켜보는데, 외국 청년의 자전거 뒷바퀴를 자세히 보았더니 금방이라도 터질 것 같아 손짓과 말로 뒷바퀴를 교체해야 한다고 몇 번을 말해도 무표정으로 일관했습니다. 수리점 사장님도 교체해야 한다고 해도 그저 묵묵부답이었습니다. 돈이 없어 그런 건지 한국말을 못 알아듣는 건지 도무지 알 수가 없지만, 자전거 동행인으로서 돈이 없다면 그냥 주고 싶을 정도로 바퀴 상태가 심각해 보였습니다. 그러나 오지랖을 접었습니다.

수리가 끝나 가는 외국 청년이 한없이 안돼 보여 가슴이 아프지만 어쩔 수 없습니다. 사장님이 브레이크를 점검하시더니 부품이 새것이라 소리가 날 수 있다면서, 아무 이상 없으니 그냥 타라고 하십니다.

수리점 사장님은 평일에는 본업을 하시고 주말이나 공휴일에는 자전거 수리를 하신다고 하시면서, 자전거를 고치거나 판매가 잘 이루어지지 않아 생활하기가 힘들어 본업을 가지시게 되었다고 하셨습니다. 다음 행선지인 동해안 경북 은어 다리까지 가는 길에는 자전거길이 없어 일반 도로를 이용해야 하므로 매우 위험하다고 사장님이 말씀하시면서 운반비만 주시면 승합차로 이동시켜 주신다고 하셨습니다. 너무나 고마운 말씀에 승합차를 얻어 타고 은어 다리로 출발했습니다. 일요일이 아니었으면 못 만날 인연인데 저를 살려 주시기 위해 여행 일정이 각본에 의해 이루어지는 것 같아 소름이 돋기까지 했습니다. 수리점에 오지 않았다면 위험한 길을 목숨 걸고 달려야 했을 것입니다. 생각하니 아찔합니다.

울진 은어 다리 인증센터(24) (경북 울진군 근남면 수산리)
오후 2시 7분

다리가 은어처럼 만들어져 은어 속으로 사람이 걸어 다니는 은어를 형상화한 은어 다리에 가고 싶었지만, 바라만 보고 뒤돌아 달려가는데 백사장으로 철썩철썩 파도치는 소리에 귀가 쫑긋거리고 자전거가 해변으로 따라가려 해 마음 잡기가 쉽지 않았습니다. 그래도 달리면서 구경하기로 하고 바닷바람을 막아 주는 해송림을 따라 울진 아쿠아리움 생태공원을 지나 끝없이 펼쳐지는 백사장을 거쳐 다리를 건너 산포리 어촌마을 울진 촛대바위가 도로에 우뚝 솟은 기암괴석 꼭대기에 소나무 한 그루가 외롭게 자라고 있는 것을 발견했습니다. 그 소나무가 달리던 길을 멈추게 할 정도로 시선을 사로잡고 특별한 아름다움을 자랑하는 것이, 대한민국 어디에도 없고 오직 동해안 경북 자전거길에만 존재할 것 같았습니다. 어촌마을 산길 따라 재를 넘고, 해안 도로를 따라 언덕길을 올라 씩씩대면서 도착했습니다.

울진 망향 휴게소 인증센터(25) (경북 울진군 매화면 덕신리)
오후 4시 2분

전망이 좋은 바닷가 위에 휴게소가 있어 인증센터에서 바라보는 바다 경치가 일품이었습니다. 글로만 쓰기에는 한계가 있어 아쉬울 따름입니다. 백사장 길을 따라가다가 삼성 여관과 식당이 함께 있어 오후 4시 37분, 여관에 짐을 풀고 1층 식당에서 한식에 소주 1병으로 저녁 식사를 하고 숙소에 와서 욕조에 뜨거운 물을 받아 전신욕을 하면 고단했던 하루의 피로를 푸는 데에 최고입니다.

오전 8시 20분에 숙소를 나와 경북 울진군 기성면 우체국에서 짐 때문에, 갈수록 힘이 들어 짐을 줄여야 제가 사는 길이어서 2번째로 인천으로 택배 보내고 몸살감기가 와서 기침에 열도 나고 온몸이 정상이 아니어서 약을 지어 먹고 싶어 약국을 찾다 보건소가 보여 보건소에서 진료받으니, 몸살감기라고 하시면서 약을 지어 주셔서 복용할 수 있어 감사합니다.

시골이라 병원과 약국이 없는 대신 보건소에서 진료하고 약까지 처방해 주시네요.

기성 망향 해수욕장 지나 산길 언덕이 낙타 등처럼 많아 자주 오르내리고 했더니 땀이 줄줄 흘러 닦았습니다. 해안가 구경하면서 카카오 내비게이션 보며 자전거길 찾아 바쁘게 가다 웬 난데없는 독도 조형물이 당당하게 서 있어 사진으로만 보던 걸 실물로 보는 것 같아 한참을 바라보다 뒤돌아 구산항 어촌마을 지나 도착했습니다.

울진 월송정 인증센터(26) (경북 울진군 평해읍 월송리)
오전 10시 57분

울진군의 역사적인 명소로서 관동 팔경에 속하는 경치를 자랑하고 울창한 해송림과 고택이 있는 곳에 도착했습니다. 웅장한 입구의 누각이 시선을 붙잡아 멈추게 하고, 누각 뒤로는 해송림이 울창하게 조림되어 있는 게 너무 아름다워 들어가 한참을 구경하는데, 해송림이 많아 시원한 그늘을 만들어 주고 눈이 초롱초롱 빛이 납니다.

구경할 게 너무 많아 못 가게 발목을 붙잡지만 아쉬움을 뒤로한 채 월송정교를 건너 해안 도로 따라 울진 바다 목장 해상낚시공원 철교가 놓여 바다 안까지 들어가 낚시할 수 있어 낚시꾼들의 놀이터이고, 관광객은 바다 안까지 걸어가서 바닷속을 볼 수 있어 좋은 추억을 간직하고, 공원에는 대게 모형 고기 잡는 여러 모양의 배 조형물이 함께 세워져 즐거움을 얻어 가고, 황금 대게 공원의 대게 조형물을 보면서 후포리 어촌마을 지나 등기산 스카이워크가 바다 위로 놓인 철교 다리가 바다와 조화를 이루고, 갯바위 섬으로 연결된 도로 노면이 출렁이는 파도를 연상시키는 것처럼 포장되어 눈길이 가고, 바다가 가까워 파도 소리가 우렁차게 들립니다.

후포항 상업 지역을 지나 백사장 길로 용·머리 공원을 돌아가는데, 그때 전화벨이 울렸습니다. 받아 보니 SBS 프로그램 〈세상에 이런 일이〉 담당자가 최규선 씨를 아냐고 해서 사회에서 만난 30년 넘게 알고 지내는 형님이라고 했더니 최규선 형님이 제보를 해서 전화한 거라 하면서 이것저것 질문을 해 한참 동안 통화가 이어졌습니다.

62세 자전거 초보가 중고 생활 자전거로 그랜드 슬램에 도전한 게 특별해 보인다고, 방송이 준비되면 연락해 준다고 하면서 전화를 끊고 한참을 멍하게 있다가 피식하고 웃고는 최규선 형님 덕분에 방송에도 나갈 것 같아 무척 흥분됐습니다.

고래불 해변 인증센터(27) (경북 영덕군 병곡면 병곡리)
오후 12시 31분

넓은 백사장과 울창한 해송림 에메랄드빛 바닷물이 특징인 고래불 해변에 도착했습니다. 큰고래 조형물이 공원에 조성되어 고래불 해변을 상징하고, 공원과 주차장 해수욕장도 큰고래처럼 넓었습니다. 큰고래의 기를 받아 보려고 그런 건지 아니면 방송국 전화를 받아서 마음이 들떠서 그런 건지, 쉽게 발길이 떨어지지 않아 일출마트에서 컵라면에 뜨거운 물을 부어 라면이 익기를 기다리면서 고래불 해변을 바라보니 가슴이 시원하게 뚫렸습니다. 맛있게 라면을 먹고 해송림 해안 도로를 따라 고래불대교를 건너 '천리 미항 축산항'이라 쓰인 대형 광고 철탑을 보고 경정리 어촌마을 경정항으로 향했습니다. 또 언덕을 맞닥뜨려 얼마나 헉헉거리며 올라갔는지, 목이 아프고 온몸이 땀으로 목욕을 해 힘들지만, 언덕에 올라 내리막을 초고속으로 달려 내려가는 짜릿한 쾌감에 중독되어 해안 도로를 따라 또 산길로 언덕을 올라 도착했습니다.

해맞이공원 인증센터(28) (경북 영덕군 영덕읍 창포리)
오후 3시 41분

여기까지가 동해안 경북 자전거길의 마지막 코스입니다. 창포 말등대가 있는 영덕 해맞이공원에 도착했습니다. 평일인데도 관광객 수가 헤아릴 수 없이 많고, 경치가 다물어진 입이 열릴 정도로 기가 막힌 절경을 이루어 공원을 구경하려면 시간이 많이 소요될 것 같았습니다. 다음 일정을 위해, 아쉽지만 다음 목적지로 향했습니다. 포항 항구까지는 자전거길이 없어 일반 도로와 해안 도로를 달려 3시가 넘어서니 온종일 흐르던 땀들이 말라 가면서 몸이 추워지기 시작했습니다. 오늘은 그만 쉬기 위해 오후 4시 30분, 금진리 하저해수욕장 '여기어때' 호텔에 짐을 풀고 식사를 하러 나왔습니다. 여기 '라스베이거스'라는 식당에서 조개구이 1인분은 팔지 않았습니다. 그냥 나오려다가 근처에 식당이 없어 이곳으로 온 거라 나가지도 못하고 할 수 없이 2인분을 시켜서 남기지 않고 실컷 먹었지만, 2인분이라 배도 부르고 음식값도 만만치 않게 나왔습니다.

숙박 시설이 몰려 있으면 골라서 선택할 수 있지만, 지나던 곳에 숙박업소가 있으면 그곳이 선택지가 될 수밖에 없는 게 많이 아쉬운 부분이었습니다. 내일 일정과 여러 일들을 생각하고 정리하며 하루를 마무리합니다.

자전거로 달린 2,300km 국토 종주기

　　　　오전 10시 22분, 안개가 짙게 끼어 출발을 못
하고 안개가 걷히길 기다리다 오전 11시에 숙소를 나왔습니다.
강구항 대게 거리는 여러 번 방문한 곳이어서 낯설지가 않지만
차 타고 올 때는 큰 감동이 없었는데, 자전거를 끌고 구석구석 구
경하면서 천천히 지나가니 제대로 구경이 이루어지고 상인들의
호객 소리가 정겹게 귓가를 때리는 것을 느낄 수 있었습니다. 강
구항 바닷가 냄새가 진하게 느껴지는 게 머릿속에 저장이 되고,
지나는 길에 빨래방이 있어 빨래를 하고 오후 12시에 나와 일반
도로를 따라 강구대교 건너 옛날 맛 자장면집에서 점심으로 자장
면을 먹었습니다. 맛집이어서 그런지 손님이 계속 들어오는 것을
보았습니다.

　인터넷에서 핸드폰 삼각대를 작은 걸 구매했더니 강한 바람에
자꾸 넘어지고, 그 영향으로 핸드폰이 몇 번 바닥에 떨어져 핸드
폰 귀퉁이가 조금 깨져서 삼각대를 대형으로 구매하기 위해 생활
용품 가게에 들렀습니다. 대형 삼각대를 다시 구매했는데, 가격
이 너무 착한 5천 원밖에 안 해 5천 원에 팔아도 남는 게 있을까,
고개를 갸우뚱했습니다. 동해안 경북 해안가 일반 도로를 달려
삼사리 어촌마을에 Y 자 모양으로 철교가 바다 위에 놓여 있어 경

치가 좋아 관광객들의 발길이 이어지고 있었습니다. 해안가 도로를 따라 월포해수욕장 백사장 근처에 도착했습니다.

포항 월포해수욕장 인증센터(29) (경북 포항시 북구 청하면 월포리) 오후 2시 24분

수첩에 없는 인증센터지만 지나는 길에 있어 인증하려고 하는데 도장이 없어 사진과 동영상 촬영으로 대체하고 주위를 둘러보니, 일반 도로가 일직선을 이루어 개방감이 좋고, 해변 백사장이 끝없이 펼쳐져 보이고, 해송림이 바닷가에서 바람에 리듬 따라 흔들리며 춤을 추어 소나무 가지가 힘겨워하는 모습이 보였습니다.

포항 영일만 신항 근처를 돌아 시내 지나 영일대해수욕장 백사장 따라 4시 40분에 포항 여객 터미널에 도착하여 관광버스 기사님께 문의했더니 울릉도는 영일만 신항에서 승선한다고 해서 영일만 신항으로 유턴했습니다. 조금 전에 지나왔던 곳을 다시 돌아가야 하니 정신적으로나 육체적으로나 힘이 듭니다.

울릉도 가는 배는 포항 항구에서 탈 거라 생각만 했지 영일만 신항이 따로 있는지 모르고 포항 항구로 무작정 온 것이 화근이 된 듯합니다. 자세히 알아보고 다녀야 하는데 생각 없이 행동하니 몸이 힘들어지고 신경도 날카로워집니다.

일반 도로를 따라 영일만 신항에 다 왔는데 티맵 내비게이션이 고속 도로로 안내하고 있었습니다. 그러나 고속 도로는 자전거 통행금지라 일반 도로로 갈 수 있는 길을 찾으려니 힘들고 지쳐 움직이기 싫어 화물차를 호출했는데, 화물차 기사님이 전화가 와서 여기를 자꾸 못 찾겠다고 하는 것입니다. 저도 여기가 정확히 어딘지 알 수 없어 무척 답답해하면서 대형 사거리 도로변에 공장 주소를 알려 드렸더니 화물차가 가까스로 도착했습니다. 자전거를 싣고 고속 도로를 통과하여 6시 50분에 영일만 신항에 도착했습니다. 울릉도 크루즈 선 승선 시간인 9시까지 대기실에서 국가 대표팀 친선 경기 베트남전을 보면서 기다리는데, 배도 고프고 씻지 않아 몸에서 땀 냄새도 나고 피곤해서 눈이 감기면 밖에 나가 바람 쐬고 들어오길 반복하면서 시간을 보냈습니다. 오후 9시 20분, 드디어 울릉도 크루즈 선에 탑승했습니다. 생애 처음 가 보는 울릉도라 무척 설레고 흥분되면서 '독도 방문도 반드시 해야지' 하고 중얼거렸습니다. 자전거를 끌고 승객들과 함께 배에 올랐습니다. 자전거는 갑판 귀퉁이에 눕혀 주차해 두라고 해 지시대로 하고 주위를 보니 유일하게 저의 자전거만 주차되어 있었습니다. 자전거 승선비는 무료였습니다. 저녁 식사는 식당에서 자장밥으로 맛있게 먹고 나서 처음 타 보는 크루즈 선이라 생소하여 이곳저곳 구경하느라 시간 가는 줄 모르게 돌아다니다가 7202호에 입실했습니다. 선실에는 침대가 6개, 화장실 겸 샤워실이 있었습니다. 가방을 1층 침대에 두고 샤워하고 나와서 침대에 누워 있으니 우리 호실 승객들이 한 명, 두 명 입실하기 시작했습니다. 다인실 숙소는 처음 접하는 환경이라 어색했습니다. 돈을 많이 내면 1인용 침대가 있는 곳에서 편하게 쉬면서 자유롭게 행동할 수 있지만, 이 정도는 감수하고 추억의 한 페이지로 남기기

로 합니다. 선실에서 잠을 자다 일어나서 갑판으로 나가 밤바다
와 밤하늘을 보고, 휴게실에 와서 여기저기 구경하면서 놀았더니
낮에 힘들고 지쳐 누적되어 있던 피로가 없어졌습니다.

울릉도
오전 6시 40분

오전 6시 40분, 울릉도 여객선 터미널에 도착했습니다. 62년을 살면서 꼭 한 번은 가 보고 싶었던 울릉도 땅을 밟다니, 너무나 감격스럽고 가슴이 벅차올랐습니다. 울릉도에 왔으니 독도 땅도 밟고 가야겠다는 신념이 강하게 생겨 배에서 내리자마자 자전거에 커버를 씌워 여객 터미널 밖에 주차하고 독도 가는 표를 구매하려고 했더니, 판매가 9시부터 시작이라 터미널 안에서 대기하면서 빵과 우유로 아침 식사를 대신했습니다. 식사를 끝내고 쉬고 있으니 한두 명, 사람들이 모이기 시작하면서 갖가지 태극기 용품들을 매점에서 구매해 머리띠도 하고, 모자에도 꽂고, 손으로 들고, 그야말로 만세운동을 벌이기 직전의 행태를 보이고 있었습니다. 나도 태극기 하나를 구입했습니다. 독도에 가면 없던 애국심이 발생할 듯해 속으로 '대한민국 만세! 최만형 만세!'를 외치고, 시간이 되어 표를 구매하고 9시 10분에 울릉도 항구를 출발하였습니다. 독도 땅 밟기가 하늘의 별 따기보다 어렵다는데, 출발할 때 날씨가 좋아 '독도에 접안이 되겠구나.' 하고 생각하며 '독도 땅도 밟아 봐야지.' 하고서 혼자 흥분하며 다짐했습니다. 승선하는 도중에 일면식도 없는 신사분과 대화가 이루어졌습니다. 저는 인천에서 자전거를 타고 9일 만에 울릉도까지 왔다고 말씀드리니 엄청난 일을 하시고 계시다면서 굉장히 호감을 보이시어 대화를 이어 가는데, 신사분이 울릉도에 가면 본인하고 함께하자고 하셔서 여행지에서의 특별한 인연도 필요할 것 같아 흔쾌히 수락했습니다. 의자에 앉아 졸다가 깨다가를 반복하고 있는데, 선장님의 안내 방송이 흘러나왔습니다. 창을 보니 독도에 도착은 했는데, 파도가 엄청나게 치면서 바람 또한 세게 불어 배가 요동치니 여기저기서 뱃속에 있는 음식물들을 확인하느라 고통스러워하는 사람들이 많았지만, 저는 멀미를 하지 않아 다행이었습니다.

선장님이 접안을 못 하면 독도를 한 바퀴 돌고 갈 거라고 안내 방송을 하셔서 '선장님, 갈고닦은 모든 지혜를 모아 꼭 접안하시길 간절히 바랍니다.' 하고 마음속으로 중얼대고 있는데, 몇 번의 시도 끝에 접안에 성공하여 드디어 생애 처음으로 독도 땅을 밟았습니다.

독도
오전 11시 22분

독도 땅 밟기가 그리 쉽지 않다는데 접안이 되어 땅을 밟았으니 이는 엄청난 행운이 함께한다는 뜻 같아 영광스러웠습니다.

흥분하며 여기저기서 사진을 촬영하는 사람, 동도와 서도를 구경하는 사람, 갖가지 모습으로 태극기를 흔드는 관광객들과 하나가 되어 "대한민국 땅!"이라 외치고 땅을 밟는 것에 감동하여 태극기를 높이 들고 "대한민국 만세! 최만형 만세!"를 부르고 20분간의 자유 시간을 누렸습니다. 언제 또 올 수 있으려나, 기약 없는 이별을 하며, '독도여, 안녕.' 잠시나마 애국자가 된 기분을 느끼게 해 준 독도. 독도는 우리 땅. 배에 올라 오후 1시에 울릉도 항구에 내려 신사분과 여성분 셋이 주차장에 세워 둔 승용차에 탑승하여 울릉도를 한 바퀴 돌기 위해 출발하였습니다. 신사분은 대전시 유성구 온빛교회 허광 목사님이었고, 그의 사모님도 계셨습니다. 이렇게도 인연이 만들어지다니, 사람의 향기가 진동합니다.

목사님께서는 오늘까지 3일째 울릉도에 계시면서 울릉도가 너무 좋아 자동차로 3바퀴를 돌았고, 지금은 4번째 도는 중이라고 하셨습니다. 목사님이 3바퀴째 돌아다니시면서 차도 다니기 쉽지 않은데 자전거로 돌아다닐까 봐 안타까워서 구원에 손길을 내미신 것이었습니다.

세상에 수많은 인연이 있겠지만 이런 인연이 만들어지는 게 놀라웠습니다. 저를 도와주시는 분들이 앞에도 계셨고 여기도 계시니, 다음 여행지에도 계실 것 같아 '그랜드 슬램은 반드시 이루겠구나' 하는 생각이 들었습니다. 이렇게 좋은 인연들이 함께해 너무 행복한 여행입니다.

목사님은 3일 동안 울릉도에 계시면서 왜 오늘 독도에 가셨을까? 저를 만나기 위해 오늘 독도에 가신 것일까?

울릉도에 도착하자마자 독도를 왜 먼저 갔을까?

아무리 우연이라고 하지만 그 많은 관광객 중에 선택적으로 이렇게 인연이 성립될 수 있을까? 모든 것에 궁금함이 가득합니다.

울릉도 나리분지 나리촌 식당에서 산채비빔밥을 먹는데, 그동안 먹었던 산채비빔밥하고는 비교가 안 될 정도로 꿀맛이고, 정수기 대신 식수대라고 흐르는 물을 직접 받아 마시라고 조롱박을 갖다 놓은, 굉장히 인상적인 경험을 했습니다. 처음 보는 자연수 물을 계속 받아 마시면서 육지의 물맛하고 무언가 모르게 다르다는 걸 느낍니다.

식사가 끝나고 목사님 내외분에게 고마움의 표시로 제가 식사비를 지급하고, 근처 카페에 가서 차를 마시며 좋은 이야기들을 나누고 나서 각자의 개인 시간을 갖기로 하여 분지 이곳저곳을 다니면서 구경하는데, 아직은 가을인데 섬이라 그런지 추위를 느껴 버스 정류장에 들어가 바람을 피했습니다. 버스 안은 춥지 않아 계속 앉아 쉬다가 약속 시간인 4시가 되어 버스 정류장을 나와 승용차를 타고 분지를 나와 울릉도 관광을 다니는데, 공사 중인 길들이 많고 차끼리 서로 교행하기가 아슬아슬하고 위험하다는 것이 차 안에서도 느껴졌습니다. 가파른 언덕이 너무 많아 자전거가 다니기에는 위험한 도로인 것 같았습니다. 울릉도에 자전거를 가지고 승선한 사람은 저 혼자였고, 울릉도는 자전거를 타기에 좋지 않으니까 자전거 동행인들이 방문을 하지 않는다는 것을 이제야 알 수 있을 것 같습니다.

목사님이 아니었으면 울릉도를 관광한다고 힘들게 자전거를 끌고 다니다 안 좋은 일들이 일어날 수도 있었을 것 같다는 생각에, 이렇게 좋으신 목사님 만나서 큰 복을 받은 듯합니다. 갈수록 사람의 향기에 취해 갑니다.

기암괴석이 많아 병풍에 담아 놓은 그림같이 펼쳐져 아름다운 울릉도 호박엿 공장을 지나는데, 호박이 공장 마당에 셀 수 없이 많이 모여 있었습니다. 호박 모양은 예쁘지 않지만, 호박을 쌓아 둔 호박 광장은 울릉도의 상징성을 그대로 보여 주는 듯했습니다.

울릉도의 역사만큼 뜻이 깊은 곳처럼 울릉도에서 재배된 호박은 이 공장으로 다 온다고 목사님이 알려 주셨습니다.

푸른 바다 위에 솟아 있는 갖가지 바위들을 조각가가 만든 것처럼 갖가지 모양을 한 바위와 산 그리고 나무 자연의 아름다움에 탄성 소리가 나오지만, 한편으로는 자연이 무섭다는 생각이 듭니다. 금년 여름 휴가철 때 거북바위가 무너져 사망 사고가 발생하여 충격을 준 곳에 접근금지 팻말이 설치되어 사고의 충격을 알려 준 경험이 있었기 때문입니다. 울릉도 한 바퀴를 생각보다 빨리 돌아 5시 24분에 선착장 주차장에 도착해 각자 숙소에 가기 위해 차에서 내렸는데, 갑자기 목사님이 제 손을 잡으시더니 격려금을 쥐어 주시면서 맛있는 음식 챙겨 먹으며 완주하라고 격려와 응원을 해 주셨습니다. 가슴이 뜨거워져 눈물이 날 정도로 감동을 느꼈습니다. 만난 지 하루밖에 안 됐는데 몇 년을 함께한 가족처럼 대해 주시니 이 은혜를 어찌해야 하나, 참으로 감사한 하루, 행복한 하루, 평생 잊지 못할 하루가 되었습니다. "목사님, 사모님, 항상 건강하시고 행복하세요."라고 인사하고 헤어졌습니다.

저도 교회를 다니면서 2년간 신앙생활을 했습니다.

인천 계양구 청운교회 목사님의 성품에 마음이 흔들려 자발적으로 교회를 열심히 다니며 신앙생활을 했습니다. 그러는 동안 은혜의 산이 높아져 간증하게 되었습니다. 목사님의 설교가 약 1시간 동안 진행되는데, 목사님 설교를 40분으로 쪼개고 간증을 20분 동안 하게 되었습니다. 많은 교인들 앞에서 떨지도 않고 침착하게 아주 잘했습니다.

초등학교 4학년부터 웅변을 시작하여 5, 6학년 때는 전교 1등을 놓치지 않고 입상했던 실력이 있어서 그런지 아주 잘해 교인들께서 큰 박수를 주셨습니다.

2년간 열심히 신앙생활 해서 일반 성도에서 집사 직분까지 받았으나 부도 후유증으로 신앙생활을 접고 말았는데 목사님께 큰 사랑을 받으니, 생각이 많아지는 하루였습니다.

숙소를 정하기 위해 호텔을 방문했는데 시설 좋은 호텔도 아닌 온돌방 숙박비가 육지 가격의 두 배나 됐습니다. 뉴스에서 울릉도 물가가 비싸다는 소식은 접했지만, 이 정도일 줄은 몰라 소리지를 뻔한 걸 겨우 참았습니다. 아쉬운데 불만을 호소하면 무슨 소용인가. 호텔비에 놀라 저녁 식사비도 비쌀 거란 생각에 포기하고 편의점에서 컵라면으로 저녁을 먹고 선착장을 둘러보며 밤하늘을 바라보며 밤공기를 마시니 육지의 공기와는 질이 다른 느낌을 받았습니다. 이대로 며칠 더 지내고 싶지만 내일 떠나야 해서 호텔로 들어와 하루를 마감합니다.

오전 7시에 자전거를 타고 호텔에서 나왔습니다. 위험한 언덕은 오르지 않고 평지로 다니면서 슬슬 구경하며 사동 방파제에서 사진을 찍고, 시간을 보내고 여객선 터미널 건너 2층 한식 뷔페에서 아침을 먹었습니다. 그리고 배를 타기 위해 여객선 터미널에서 포항 가는 표를 끊었는데, 예약을 안 해 걱정을 했지만 성수기가 아니어서 자리가 있어 다행이라는 생각을 하고 시간이 많이 남아 대기실에서 한참 멍때렸습니다.

울릉도 항구
오후 12시 30분

　오후 12시 30분에 울릉도 항구에서 출발했습니다. 크루즈 선 식당에서 점심을 먹고 있는데, 사모님이 오셔서 같이 식사를 하게 되었습니다. 사모님께서 할 말이 있어 한 번 더 만나 보고 싶으셨다고 하시면서 하고 싶은 말씀을 하시는데, 들으면서도 신앙생활에 대한 저의 생각이 아직은 긍정적이지 않아 제 마음이 돌아설지 혼자 마음속으로 생각하면서 고개만 끄덕끄덕하고, 사모님과 헤어지고 갑판에 나가 바다도 보고, 거센 바람도 맞아 보고, 배 안으로 들어와 안마기에서 안마도 받고, 여기저기 기웃기웃하다 공연을 보고 객실에서 잠을 자고 나서 이른 저녁을 먹고 나니 어느덧 포항에 도착한다는 안내 방송이 들려옵니다.

오후 6시, 포항 영일만 신항 여객선 터미널을 나와 경북 영천으로 가기 위해 티맵 내비게이션과 야간 등을 켜고 일반 도로를 따라 달려가는 길목에 블루모텔에 방이 딱 하나 남았다고 하여 운 좋게 쉴 수 있어 복을 받고 쉬어 갑니다.

오전 8시 50분, 경북 영천으로 고향 친구 문종복을 만나기 위해 영천까지 70km를 달려야 합니다. 화물차로 이동하려다 일반 도로를 달리기로 하여 출발했습니다. 강한 바람 때문에 말로 표현을 못 할 정도로 힘들게 주행했습니다. 바람이 뒤에서 불면 자전거 주행은 아주 쉬운 주행이 되지만, 반대로 정면에서 불면 자전거가 앞으로 가지 않고 서 버려 전진하기 위해 엄청난 힘을 발휘하여 페달을 힘껏 밟아야 자전거가 움직입니다. 매우 힘들어 지쳐 가고 끝없이 펼쳐지는 급경사 언덕길과 자전거 짐 때문에 타고 올라갈 수 없어 내려서 끌고 오르고 또 올랐습니다. 끝없는 언덕길에 체력이 바닥이 나기 시작했습니다. 더 힘든 것은 터널을 통과할 때 자동차들이 자전거를 적대시하지, 갓길이 없어 도로 가장자리로 몰려 있는 작은 돌멩이들로 인해 바퀴에 펑크가 날까 노심초사하며 걱정하게 되고, 각종 자동차의 엔진 소리가 굉음처럼 울려 퍼지는 터널 안의 울부짖는 소리 때문에 대형 자동차가 자전거에 바짝 붙어서 갈 때는 바지에 소변을 볼 것 같은 아찔함이 들었습니다. 자동차는 창문을 닫고 있어 소음이 작지만, 자전거는 소음을 온몸으로 받아야 하기 때문에 그 강도는 상상을 초월한 지옥의 소리와도 같습니다. 자전거는 터널로 다니면 안 된다는 걸 뼈저리게 느끼고, 다시는 일반 도로로 주행하지 않겠다고 몇 번이고 다짐하고 내리막길을 내려간 끝에 영천 고향식당에서 돼지 김치찌개로 점심을 먹었습니다. 잠시 휴식을 취하고 다시 출발했습니다.

에코모텔(경북 영천시 금호읍 원제리)
오후 5시 25분

온갖 어려움을 극복하고 영천시 금호읍 원제리에 위치한 친구 집 근처에 도착해 에코모텔로 숙소를 정하고 샤워를 마치고 쉬고 있는데, 친구가 도착해 근처 감자탕집에서 소주 한 잔씩 하면서 대화의 창을 열었습니다. 13년간 영천에 살면서 고향 친구가 찾아온 것은 처음이라고 강조해 '찾아오기를 정말 잘했구나' 하는 생각이 들었습니다. 고향에서 만나는 친구도 반갑지만, 타향에서의 만남은 더 애틋한 것 같아 만난 기념으로 식당에서 사진을 찍고, 친구가 내일 토요일에는 오전에만 근무한다며 차로 안동댐까지 데려다주겠다고 해 그렇게 하기로 하고 헤어졌습니다.

출발 12일째 _ 2023년 10월 21일

오전 7시 53분, 숙소에서 나왔습니다. 친구가 일하는 공장까지는 30km를 일반 도로로 달려가야 해서 막막했지만, 어쩔 수 없어 어제 일을 그대로 복습하면서 일반 도로로 자동차와 함께 자전거로 달리니 긴장도 되고, 힘도 듭니다.

공장이 가까워져 빈손으로 방문할 수 없다는 마음에 편의점에 들러 피로 해소제를 한 박스 구매해 자전거에 실으려고 짐을 내리는데, 편의점 사장님이 짐을 잡아 주시면서 짐을 많이 싣고 어디서 오신 거냐고 해서 인천에서 출발해 12일째 하루도 안 쉬고 여기까지 왔다고 했더니 깜짝 놀라시면서 사장님도 시간 날 때 자전거 타시는 동행인이신데 나보고 그렇게 타시면 몸 망가지기 쉬우니 적당히 쉬면서 타야 한다고 충고를 해 주셨습니다. 백번 맞는 말씀이지만, 그걸 깨뜨려서 기적을 이룰 것입니다.

마지막까지 급경사 언덕을 만나 힘들게 올라 경비실에 친구 이름을 말하고 공장으로 갔더니 한창 쉬는 시간이라 일하는 직원들이 공장문 앞에서 쉬고 계셨습니다. 저를 보시고는 대단하다고 말씀들을 하시길래, 자전거에 미치지 않고는 이렇게 할 수가 없는 거라면서 나를 '미친놈'이라고 했더니 직원들이 웃으셨습니다.

문윤대 형님을 25년 만에 만나 뵙게 되니 반가워서 포옹했습니다.

제가 사업을 할 때 전국 지사장 회의가 있어 사진 촬영이 필요할 때 형님이 오셔서 사진 촬영도 해 주시고, 액자도 만들어 주셨습니다.

서울 강서구 화곡동에서 사진관을 하시다가 사진이 사양길에 접어들어 과감하게 정리하고, 동생이 운영하는 공장으로 오셔서 지금까지 근무하고 계신 것을 보면 탁월한 선택을 하셨다는 생각이 듭니다.

형님이 격려금을 주시며 맛있는 거 사 먹으면서 완주하라고 응원까지 해 주시는데, 형님을 보고 갈 수 있는 것도 감사한데 격려금까지 주시니 사람의 향기가 가득합니다.

형님, 항상 건강하시고 행복하게 지내십시오.

친구 동생이 사장님이신데 회사에 없어 못 보고 가는 것이 아쉬웠습니다. 그리고 자전거 짐받이가 부실하여 친구가 스테인리스로 보강을 해 주었습니다.

친구 차는 자전거를 실을 수 있는 렉스턴 스포츠입니다. 금년 수해 때 갑자기 불어난 물웅덩이에 그랜저 승용차가 빠져서 폐차하고 지금 차로 교체했다고 친구가 말해, '내가 영천 오면 자전거 싣고 안동댐까지 데려다주려고 그랜저 승용차가 물에 빠진 거'라고 했더니 친구가 웃습니다. 자전거 여행을 하다 보니 이런 우연도 함께 만들어진 것처럼, 모든 게 준비되어 있었던 것처럼 보입니다.

많은 대화를 주고받으면서 시간 가는 줄 모르게 떠들고 웃다가 배가 고파져 간이 휴게소에서 안동 간고등어로 점심을 먹고 나왔습니다.

안동댐 인증센터(30) (경북 안동시 상아동)
오후 1시 22분

친구가 저를 안동댐까지 데려다주고 격려금을 손에 쥐어 주면서 잘 먹고 잘 다니라고 응원까지 해 주어 고마움이 넘쳤습니다. 사람의 향기를 싣고 달리는 자전거는 행복합니다. 친구야, 고마워. 꼭 그랜드 슬램 달성하여 자랑스러운 친구가 되겠다고 다짐했습니다. 이대로 친구와 헤어져야 하는 게 많이 아쉬웠지만, 마음을 가다듬고 모든 준비를 끝내고 하천길 따라 공업 지역을 지나 농경지길, 산길 따라 열심히 달리는데, 강풍이 정면으로 불어오기 시작했습니다. 무지무지 힘든 운행길에 가파른 언덕이 수도 없이 많아 정신도 혼미해지고 몸도 지칠 대로 지쳐 영천편의점 사장님 말씀대로 적당히 타고 쉬라는 말이 공감되었습니다. 하루도 안 쉬고 자전거만 타니 갈수록 의욕도 떨어지고 하루하루가 힘들어 쉬고 싶지만 절대 그럴 수 없으며, 꼭 그랜드 슬램을 달성하여 위대한 최만형이가 되고 싶다고 생각했습니다.

3개의 다리를 건너고 3개의 농촌 마을을 지나 끝도 없는 제방 도로를 달려 해가 지니, 어둡고 추워 더 갈 수 없게 되었습니다. 묵을 숙소를 찾으려니 시골 동네라 있을 만한 곳이 보이지 않아 걱정하면서 풍지교 다리 중간 정도로 왔는데, 밤낚시 하시는 분이 계셨습니다. 그분께 근방에 숙소가 있냐고 물었더니 다행히 자세히 알려 주십니다. 알려 주신 대로 왔던 길을 반대로 20분 정도 달려갔더니 작은 마을에 강남모텔이 보였습니다. 얼마나 반갑던지, 그 기쁨은 말로 표현을 다 못할 것처럼 컸습니다. 숙소에 짐을 두고 저녁 식사 하러 지보면에 갔더니 거리가 한산해 사람이 보이지 않고 영업하는 가게도 몇 군데 없어 을씨년스런 기분이 느껴졌습니다. 제일반점에서 볶음밥을 주문했더니 주인분이 재료가 떨어져 자장면 한 그릇밖에 없다고 하십니다. 울릉도 배를 타고 갈 때 먹은 자장밥이 문제가 있었는지 사흘째 배탈이 나서 엄청 신경이 곤두서 있지만 어쩔 수 없이 자장면을 선택했습니다. 또 배탈이 나더라도 먹을 수밖에. 낚시하시는 아저씨를 만나지 못했다면 저녁 내내 숙소를 찾느라 고생했을 것을 생각하니 자장면도 무척이나 고마운 식사라 생각하며 마음을 달랬습니다. 낚시하시던 아저씨, 자장면을 내어 주신 아주머니 사장님, 숙소 사장님. 모두가 사람의 향기에 취합니다.

아침에 먹을 컵라면을 편의점에서 구매해 숙소로 와서 몸 상태를 확인해 봤습니다. 지금까지는 체력이 견디고 있고 정신도 흐트러지지 않았으니, 내일을 위해 오늘 밤에 푹 쉬자는 생각이 들었습니다.

오전 9시 10분, 경북 예천군 지보면 마전리 안개 때문에 늦게 출발하게 되었습니다. 오늘도 어떤 난관과 문제가 나를 기다리고 있을지 기대하며 어제 갔다 돌아온 풍지교를 건너 제방 도로를 따라 달리다가 산 언덕길을 만났습니다. 열심히 자전거를 끌고 오르내리고 마을들을 거쳐 제방 도로를 쭉 달리다가 또다시 급경사 언덕을 만나 자전거를 열심히 끌고 오르내리기를 반복했습니다. 그렇게 삼풍교를 건너 우회전을 하여 무척 힘들게 도착했습니다.

상주 삼풍교 인증센터(31)(경북 상주시 사벌국면 매호리)
오전 10시 39분

자전거 동행인들이 삼삼오오 모여 쉬면서 대화를 나누고 있는 와중에 젊은 친구들하고 소통하는데, 한 분은 전기 자전거, 또 한 분은 바퀴가 작은 꼬마 자전거로 낙동강 종주를 하고 있으며 전남 광주에서 왔고, 둘이 절친이라고 했습니다. 저 또한 고향이 전남 영암이라고 했더니 고향분을 만나서 반갑다며 미소를 한가득 띄워 줍니다. 13일째 하루도 쉬지 않고 자전거를 타고 있다고 했더니 대단하시다고 박수까지 쳐 주어 기분이 아주 좋았습니다. 이들을 뒤로하고 먼저 상주보로 달려가고 있는데, 저보다 늦게 출발한 젊은 친구들이 저를 앞질러 저 멀리 사라져 가는 것을 보았습니다. 젊은 사람들이라 힘이 좋아 따라가기가 너무 힘들어 속도가 나는 대로 가다 경천대 고갯길을 만나니 다물어진 입이 열리면서 심한 호흡이 시작되었습니다. 자전거를 끌고 헉헉거리면서 언덕을 오르니 이제 자전거길 경치는 눈에 들어오지도 않고, 카카오 내비게이션 길만 보며 페달 밟는 데에만 집중하게 되었습니다. 이제는 지칠 대로 지쳐 주위 사물이 눈에 안 들어오는데, 멀리서 바라보니 상풍교에서 만났던 젊은 친구들이 앞질러 가더니 상주 자전거 박물관에서 나와 다음 목적지로 이동하는 것을 보았습니다. 상주 자전거 박물관에 도착해 구경할 만한 여력이 없어 정문에서 사진만 찍고 내려오니, 커피 차와 어묵 차가 보여 마침 배도 고프고 점심도 먹을 겸 어묵과 국물을 맛있게 먹었습니다. 옆 천막 쪽에는 자전거 동호회 동행인들이 모여 라면도 먹고 어묵도 드시면서 대화의 꽃을 피우고 계시는 게 부럽고 보기가 좋아 동행인끼리 자전거를 타면 경쟁도 되고 우정도 쌓는 즐거운 여행이 되겠다는 생각이 들었습니다. 저는 자전거를 혼자 타니 외롭기도 하고, 의지할 때가 없으니 힘도 빠지고 몸도 많이 지치는 것 같습니다. 든든하게 배를 채우고 상주보 오토 야영장에서 바라보는 경천섬 공원이 강 한가운데 자리하고 있는 것이 보였습니다. 양쪽에 대교가 있어 왕래도 가능해 구경하고 싶었지만, 뒤돌아 국립 낙동강 생물자연관과 도남서원 쪽으로 우회전으로 한 바퀴 돌아 상주보교를 지나 도착했습니다.

상주보 인증센터 (32) (경북 상주시 중동면 오상리)
오후 12시 6분

상주보는 전체적인 모습이 다른 보 기둥보다는 특이하게 생겼습니다. 기둥 상부가 장미꽃을 형상화한 것처럼 만들어져 있으며, 자전거의 도시답게 기둥에는 자전거 모양을 그려진 모습이 꽤나 인상적이었습니다. 자전거 도로도 적색으로 예쁘게 포장되어 깔끔하고, 수력발전소가 함께 건설되어 있어 아주 친환경적이고 멋졌습니다. 출발부터 언덕을 맞이해 자전거를 끌고 씩씩거리며 언덕을 올라 내리막을 달려 제방 도로를 따라 달렸습니다. 그 길은 농기계와 같이 쓰는 도로라 경운기도 지나가고 트랙터도 다녀 서로서로 조심하며 가는 길에 쉬어 가라고 기와지붕을 얹은 정자가 나왔습니다. 그러나 무시하고 하천과 숲 사잇길로 갔습니다. 그 길은 옛날 농경 사회 때 산에 나무하러 다니거나 농사지을 때 썼던 농노길이어서 일직선이 아닌 구불구불, 오르락내리락하는 시멘트 포장 도로라 승차감이 좋지 않았습니다. 썩 반갑지 않은 도로를 우측으로 반 바퀴 돌아 중동교를 건너 낙동강 역사 이야기관을 지나 낙단보교를 건넜더니 수력발전소가 보입니다. 그렇게 높은 계단과 국기 봉 사이에 자리한 곳에 도착했습니다.

낙단보 인증센터(33)(경북 의성군 단밀면 생송리)
오후 2시 16분

낙동강 3대 정자 중 하나인 관수루의 처마를 모방하여 전통적인 이미지를 연출한 낙단보 인증 사진을 찍고 도장을 찍고 있는데, 낙단보에 근무하시는 나이 드신 여성분이 자판기에서 음료수를 사서 저에게 주셨습니다. 처음 보시는 분인데 음료수까지 건네주시니 고맙지만, 혼자 드시기 미안해서 주시는 것 같아 사양하며 거절했습니다.

저보다 더 많은 짐을 싣고 있는 외국인 여자분이 혼자 다음 목적지로 열심히 페달을 밟고 멀리 사라져 가는 모습이 보였습니다. 모처럼 저 같은 사람을 만나니 반갑기도 하고, 위안이 되기도 합니다.

자전거 타시는 분들은 대부분 짐을 간소하게 싣고 다니는데, 저는 남들보다 3배는 더 싣고 다니니 특별하게 눈에 띄는 상태일 것입니다. 그러나 외국인 여자분은 저보다 2배는 더 싣고 다니니 더 눈에 띄어 보이고, 젊어서 그런 건지 자전거가 좋은 건지, 아주 잘 달립니다.

열심히 달리고 달려 벌써 13일째가 지나니 정신은 갈수록 무장이 되는데, 몸은 천근만근이 되어 쓰러지면 못 일어날 것 같았습니다.

오직 정신 무장만이 내가 살 길이었습니다. 언덕만 보여도 의욕이 떨어지는 언덕길을 따라 내려가고 하천길 따라 부지런히 달려가는데, 낯선 남자 동행인이 옆으로 오시면서 무슨 짐을 이리 많이 신고 다니시냐며 말을 건네셨습니다. 지금까지 지나온 일들을 말씀드리니 진짜 대단하시다고 칭찬하시면서 좋은 말들을 서로 주고받으며 동행을 하듯이 나아갔습니다. 벗이 생긴 것처럼 행복해서 사람의 향기 바이러스를 퍼뜨리며 달려갑니다.

그분은 67살이시고 낙동강 종주는 이번이 3번째이며, 제주도 자전거길도 몇 번 다녀오셨다고 하셨습니다. 제주도에 가서 바닷가를 오른쪽으로 해서 돌면 바람에 영향을 덜 받아 자전거 타기가 수월하다고 말씀해 주시고, 자전거는 저처럼 한번에 죽기 살기로 타면 큰일 난다며 걱정해 주셨습니다. 본인은 한번 타면 푹 쉬셨다가 또 타시고, 그러기를 반복한다고 하셨습니다. 짐도 많이 줄이라고 충고도 해 주시니 경험은 돈 주고도 못 산다는데, 중요한 경험을 알려 주셔서 제주도에 가면 시행착오 없는 자전거 여행을 할 수 있을 것 같아 너무나 고맙다고 했습니다.

자전거는 오늘도 사람의 향기를 싣고 달려갑니다.

나를 돕는 사람들을 요소요소에서 만나고 있으니 이보다 행복한 일이 있을까, 생각하며 같이 달리다 서로 헤어지고 월림리 마을을 거쳐 도개면을 지나 게이트볼장에서 조금 달려 도착했습니다.

구미보 인증센터(34) (경북 구미시 해평면 월곡리)
오후 3시 27분

구미보는 멀리 보이고, 공원 둑에 자리한 인증센터에 쉼터도 있고, 자동차 전용 도로와 자전거 도로가 나란히 일직선을 이루어 개방감이 일등급이었습니다. 낙동강 종주길은 구경거리가 많지 않고, 제방 도로 길을 따라 하천길 농노길을 정신없이 페달만 밟으며 자전거길만 보고 고독을 삼키며 갑니다.

하천을 가로지르는 데크 길을 따라가니 물 위에 떠 가는 기분이 들고, 하천길을 따라가니 또 데크 길이 나타나 수월하게 강을 가로질렀습니다. 힘들고 지쳐도 정신력으로 버티면서 게이트볼장을 지나고 신호대교를 지나는데, 상풍교에서 만났던 두 젊은이가 추월해 가길래 따라잡으면서 왜 이제 가냐고 했더니 자전거가 고장 나서 고치느라 늦어졌다고 했습니다. 서로 앞서거니 뒤서거니 하다 저는 숙소를 정하기 위해 헤어지고 4시 46분에 구미 리버모텔로 숙소를 정했습니다. 식사를 하기 위해 상가 쪽으로 나갔는데, 일요일이라 식당들이 휴무하는 곳이 많아 한참을 돌아다녀야 했습니다. 그러다 폭탄돼지구이집에 들어가 삼겹살을 주문하니 1인분은 안 된다고 해 2인분을 시켜 소주 1병과 공깃밥 1개, 상추 두 바구니까지 먹었는데도 배가 부르지 않아 이상했습니다. 자전거를 타니 대식가가 되어 가나 봅니다. 평소에 이렇게 식사해 본 적이 없었기 때문에, 저조차도 제 자신도 이해가 안 됐습니다.

숙소에 와서 세탁기에 빨래를 돌리고, 건조대를 객실로 가져와 널고, 빨래를 할 수 있도록 배려해 주신 사장님께 감사해 아이스크림 2개를 사다 드렸습니다.

여기저기에서 사람의 향기가 나에게로 모여들어 오늘도 향기에 취합니다.

아침에 일어나 어제 가져온 건조대를 반납하고 사장님께 고맙다고 인사드렸습니다.

오전 7시 50분, 숙소를 나와 일반 도로에 진입했더니 출근 시간이라 차가 많아 주행이 어려웠습니다. 서두르지 않고 조심조심하면서 비산사거리를 건너 자전거길에 합류했습니다. 강변길 따라 체육공원이 이어지는 하천길을 달리다가 남구미대교를 건너 편의점에서 쉬면서 간식을 먹었습니다. 그 길로 좌회전으로 돌아 강변길 코너 데크 길을 건너면서 문득 고맙다는 생각이 들었습니다. 데크 길이 없으면 산을 넘어가든가 산 주위를 삥삥 돌아가야 하는데, 강을 가로질러 가게 만들어 주서서 힘들지 않게 편하게 달릴 수 있어 고마웠습니다.

　지자체가 예산이 없는 지역은 강 위로 데크 길을 만들 수 없어 기존에 사용했던 도로를 활용하다 보니 산으로 넘어가게 합니다. 이 경로는 체력을 방전시켜 자전거를 더 이상 타고 싶지 않도록 의욕을 상실하게 만듭니다.

　제방 도로 길로 야구장을 지나 하천길로 들어서 칠곡보 생태공원을 지나 도착했습니다.

칠곡보 인증센터(35) (경북 칠곡군 석적읍 중지리)
오전 9시 19분

뜨거운 태양 아래 홀로 서 있는 것과는 달리 관리동 아래에 인증센터가 자리해 그늘이 있었습니다. 잠시 쉬어 가기 위해 편의점에서 이온 음료로 충전하고 달려가는데, 날씨가 좋아 자전거도로에 거북이하고 비슷한 자라가 나와 일광욕을 즐기고 있어 너무나 신기하기도 하고, 수십 년 만에 보는 거라 유심히 보다가 사진을 찍었습니다. 다시 달려가는데 메뚜기, 사마귀, 여치 등등 곤충들이 도로에 나와 일광욕을 즐기고 있어 자전거에 치일까 봐 무척이나 조심스럽게, 지그재그로 지나갔습니다. 언덕길을 따라 태양광 발전소를 돌아 산을 오르고 내려 녹초가 된 몸을 이끌고 가는데, 좌측 카페리버에서 어제 대화를 나누면서 함께했던 분이 내려오시는 게 보였습니다. 왜 여기 계시냐고 했더니 어제 음주해서 늦게 일어나 아침 겸 점심을 빵과 커피로 해결하시고 나오는 중이라고 하셨습니다. 한참을 같이 달리다 "먼저 가세요. 저는 천천히 갈게요." 하고 말씀드렸습니다. 그분이 달리는 속도에 내가 맞추기는 너무 힘들어 잘못하면 신체 리듬이 깨져 하루 종일 힘이 들 수 있고, 그분도 내 속도에 맞추려면 힘이 드실 수 있어 각자 가기로 한 것입니다. 강변길을 따라 고마운 데크 길이 한참 동안 이어지고 나서 급경사 언덕을 한참 헐떡이며 올라서니 뜨거운 태양 아래 외로이 서 있는 빨간 부스에 도착했습니다.

강정고령보 인증센터(36) (대구시 달성군 다사읍 죽곡리)
오전 11시 39분

언덕에서 강을 바라보니 개방감이 뛰어나 경치가 아름다웠고, 건너편 둑 아래에 식당들이 많이 운집해 있었습니다. 조심조심해서 둑 아래로 내려가 오래된 대동식당에서 비싼 가격의 장어구이 정식으로 점심 식사를 마치고 내려갔던 언덕을 다시 올라 고령보 교를 지나는데, 어도에서 물결치는 소리가 귀를 즐겁게 해 주고, 물결 모양이 예뻐 한참 바라보았습니다. 제방 도로 하천길 운동장 우측으로 돌아 사문진교를 건너 제방 도로를 따라가다 하천을 바로 건널 수 있게 다리를 놓아 주서서 고맙다고 인사하고, 끝없이 이어지는 하천길로 농경지를 지나니 야구장이 4개가 서로 마주 보고 있었습니다. 특이한 배치에 눈길을 주며 도착했습니다.

달성보 인증센터(37) (대구시 달성군 논공읍 하리)
오후 2시 24분

배탈로 인해 계속되는 설사도 그렇고 체력 상태가 좋지 않아 병원 진료를 받기 위해 달성군 논공읍 뉴욕 모텔로 숙소를 정하고 열린중앙병원에서 진료를 받았습니다. 링거를 맞으라고 해서 링거를 맞으니 잠이 너무 쏟아져 정신을 차릴 수 없이 힘들지만, 간호사님이 졸지 말고 링거 떨어지는 걸 보고 알려 주서야 한다고 하셨습니다. 최선을 다해 버티다가도 깜박 졸다가 정신 차려 링거병을 보니 아주 조금 남은 걸 보고 링거를 정지시키고 벨을 눌러 호출했더니 간호사님이 한참 동안 수습해서 한 병을 더 맞았습니다. 조그만 늦었다면 공기를 주사 맞을 뻔했으니, 아찔합니다.

작은 병원이다 보니 간호사가 부족해서 자주 왔다 갔다하지를 못하니 환자에게 보라고 하신 듯했습니다. 다소 귀찮은 일이지만, 그래도 모두가 감사할 뿐입니다.

링거를 맞고 나니 몸이 한결 좋아져서 날아갈 것 같은 기분으로 병원을 나와 약국에서 약을 구매하고 논공 중앙시장에 들렀습니다. 개업한 지 얼마 안 된 한식 식당에서 된장찌개와 개업 떡을 먹고 숙소에서 휴식을 했습니다.

경상북도 대구시 달성군 논공읍 우체국에서 3번째로 짐을 부쳤습니다. 어제 잠깐 대화를 나눈 동행인이 충고하신 대로 최소한의 짐만 남기고 인천집으로 택배를 보내고, 친구가 만들어 준 뒤편의 짐칸 받침대가 스테인리스 재질이라 무게가 많이 나가 떼 버리고, 생활용품 가게에서 가벼운 재질로 된 받침대를 구매했습니다. 갈수록 자전거 무게에 민감해질 수밖에 없는 터였습니다. 체력이 한계점에 도달한 데다 짐 무게 때문에 힘이 든다고 생각이 되어 더 예민해지는 것 같아 그냥 짐은 다 버리고 빈 자전거만 타고 다니면 날아갈 것 같았습니다.

　달성보교를 건너 끝없이 이어지는 하천길에서 박석진교를 건너 일반 도로를 따라 합풍 3교를 건넜습니다. 하천길, 산길을 따라 급경사가 이어지는 다람재길로 들어섰습니다. 급경사 언덕을 올라오고 거의 반죽음이 되다시피 되어 내리막길을 내려왔습니다. 농노길 하천길 캠핑장 단지 하천길 산밑 길로 대구 주행 시험장이 자리하고 있었습니다. 축구장 10개 정도 되는 규모의 크기에 놀라 한참 바라보고 언덕길을 올라가는데, 정자가 보여 자세히 바라보니, 전에 낙단보에서 봤던 짐을 많이 싣고 다니는 외국인 여자분이 남자 동행인들과 쉬고 있는 게 보였습니다. 저는 정자에 들르지 않고 묵묵히 언덕을 올라 내리막길을 달려가는 길에 식당이 보여 들어갔습니다. 아침을 안 먹었던 상태라 배가 고파 국밥을 맛있게 먹고 다시 달리는데, 조금 전에 정자에서 쉬고 있었던 외국인 여자분이 앞서가고 있어 추월하면서 손을 들어 인사했더니 손을 들어 반갑게 맞이해 주었습니다. 잠깐 자전거를 세우고 초콜릿을 주면서 "파이팅!" 하고 먼저 앞장서 한참 달렸더니 무심사 언덕길이 보였습니다. 그 길로 자전거를 끌고 오르는데, 언덕 각도가 상상을 초월할 정도로 급경사에 수직선처럼 올라가 있었습니다. 너무너무 힘들어 드러눕고 싶을 정도로 악명이 높은 무심사 언덕에 올라 경치를 보니 절경이었지만, 힘들고 지쳐서 절경을 보고 감탄할 여유가 없었습니다. 산꼭대기로 등산하는 등산객처럼 언덕을 오르면서 혼자 중얼거리기 시작했습니다. 외국인 여자분은 그 많은 짐을 싣고 자전거를 타지도 못하고 끌고 어떻게 오르려나 걱정이 앞섰습니다. 남자인 나조차도 이렇게 힘이 드는데 외국인 여자분은 기절하겠다는 생각이 들었고, 몇 번을 서다 가다 반복하며 산길을 돌고 돌아 정상에 오르니, 내려다보이는 내리막길이 있었습니다. 이 내리막길은 언덕을 오른 보상이라 신나게 순식간에 내려갔습니다. 계속 내리막길만 있다면 얼마나 좋을까. 혹시나 낙동강 종주를 하신다면 경남 창녕군 이방면 무심사 길로 가시지 마시고 일반 도로로 꼭 우회해서 가시기를 바랍니다.

자전거 국가대표 선수도 자전거를 타고는 못 가는 곳이 무심사 등산로 자전거길인데, 무심사에 오르면 경치가 아름다워 머리에 저장될 정도로 기억에 남기는 합니다. 그 경치가 보고 싶다면 자전거를 끌고 힘들게 올라가시면 됩니다.

무심사 산길에서 죽다 산 송장 몰골로 내려와 농노길로 죽전 저수지를 돌아 도착했습니다.

합천 창녕보 인증센터(38) (경남 창녕군 이방면 등림리) 오후 12시 40분

경남 창녕군 이방면 이방장터에 왔더니 오늘이 이방 장날이었습니다. 사람들이 여기저기 많이들 보였습니다. 또한 아주 오래된 이방 원조할매 수구레국밥집 안에도 사람이 많았습니다. 처음 본 상호여서 호기심도 생기고 맛도 보고 싶어 먹었는데, 일반적으로 먹어 본 돼지 선지 순대국밥과 비슷한 내용물과 맛이었습니다. 창녕에서는 유명한 맛집이어서 손님이 계속 들어오고 있는 듯했습니다. 1시 36분에 식사를 마치고 시장에 들렀습니다. 어린 시절 시골 장날을 기억하며 입가에 미소를 지으며 시장을 빠져나와 창녕보교를 건너고 두 개의 다리를 건너 하천 농경지 강가 위 데크 길을 가로질러 일반 도로에 진입했습니다. 급경사로 된 언덕길 박진고개 구름 재를 만나 자전거를 끌고 오르는데 너무 힘들어 땀이 온몸을 적시고 고통스러워 한없이 눈물이 나오려고 했습니다.

무심사에서 체력이 완전히 소진되어 더 이상의 힘이 없어 죽을 지경인데 또 언덕이라니. 조금 걷다 서고 걷다 서고를 반복하며 올라가는데, 도로 콘크리트 벽에는 저마다 사연들로 합법적인 낙서들이 적혀 있어 읽어 보는 재미가 생겼습니다. 덕분에 힘든 줄도 모르게 언덕을 오르면서 낙서를 하나 남기고 싶지만, 그럴 만한 여유가 없어 다음에 온다면 뿌리는 페인트를 준비해서 '사람의 향기를 싣고 달리는 자전거 최만형' 하고 멋진 낙서를 남기고 싶습니다.

이렇게 힘든 곳이니 쉬면서 낙서하라고 배려한 듯합니다.

박진고개 구름 재 인증센터(39)(경남 의령군 낙서면 전화리) 오후 4시 2분

박진고개는 자전거도 몸살을 앓고, 사람도 몸살을 앓는 마의 언덕입니다. 자전거를 끌고 2시간 동안 언덕을 올랐더니 얼마나 힘들고 지쳤는지, 글로 표현하기 힘든 죽음의 언덕같이 느껴졌습니다. 어지간한 정신력으로는 올라올 수 없지만 고통과 싸워 이기고 올라온, 자랑스럽고 위대한 사랑하는 최고의 최만형! 인증 수첩에 없는 곳이지만 올라온 기념으로 수첩 빈칸에 도장을 찍고 인증 사진과 동영상 촬영을 끝내고 잠깐 휴식을 취했습니다. 그런 다음 내리막을 순식간에 내려와 저수지를 지나는데, 4시가 넘으니 한기가 느껴지며 몸도 지쳐 더 이상 이동하는 것은 무리라는 생각이 들었습니다. 숙소를 찾기 위해 학계 정미소에서 좌회전하여 농노길로 경남 창녕군 남지읍에 들어서니 숙박 시설이 많아 처음으로 골라잡은 필모텔에 짐을 풀었습니다. 땀을 너무 많이 흘려 온몸이 끈적거려 샤워부터 하고, 한식 뷔페에서 간단하게 식사를 마치고, 아침에 먹을 컵라면을 사서 숙소로 와 내일 일정과 잡다한 일들을 처리하고 휴식합니다. 10월 12일에는 강릉 친구와의 약속 때문에 131km를 달렸더니 너무 무리해서 힘들었고, 오늘은 벽 같은 언덕을 세 곳이나 등반하여 힘들었는데, 그중에서도 오늘이 가장 힘들고 피곤했습니다. 어제 병원에 가서 링거를 맞지 않았다면 참으로 힘든 하루가 되지 않았나 생각합니다. 현대의학에 감사해야 하는 하루였습니다. 저에게 주어진 시간들이 참으로 하나하나가 소중하고, 기억에 남는 인생에 한 페이지를 만들어 주고 있었습니다. 내일은 어떤 길들이 반기며 웃거나, 인상을 쓰고 기다릴까?

천국은 없고, 지옥만이 기다리고 있을 것 같습니다.

오전 8시 47분에 숙소에서 나왔는데, 안개가 끼어 주변 환경을 볼 수가 없어 안타깝고 심기까지 불편하지만, 안개 속을 헤치고 남지읍 다리를 건너 하천길로 일반 도로를 따라 도착했습니다.

창녕함안보 인증센터(40)(경남 함안군 칠북면 봉촌리)
오전 9시 45분

일반 도로 사거리에 인증센터가 자리해 몹시 분주하고 어수선했습니다. 9시 51분에 서둘러 양산물문화관으로 하천길 따라 지그재그로 가다가 고개를 들었더니, 저 멀리서 경광등을 흔들며 좌측으로 가라고 수신호를 보내는 게 보였습니다. 무슨 일인가 싶어 가까이 가 보니 금년 여름 수해로 절벽이 무너졌는지, 다리나 도로가 유실되었는지, 속상하게 가르쳐 주지도 않고 길만 막고 우측 도로로 가라고만 해서 너무 불성실한 안내 아니냐고 항의했더니, 우측 일반 도로로 15km 정도를 돌아가야 한다고 안내자와 대화하고 있는데, 짐을 많이 싣고 다니는 외국인 여자분을 또 만났습니다. 벌써 3번째로 본다고 인사를 했더니 몹시 반가운 표정으로 웃어 주어 미소로 답하고, 옆에 외국인 남자분이 있어 손을 들어 반갑다고 했더니 우리말을 할 줄 안다고 하셨습니다. 어디에서 오셨냐고 하니 캐나다에서 왔으며 여자분도 캐나다에서 왔는데, 우연히 둘이 만나 동행하고 있다고 했습니다. 남자 외국인은 저하고 한 번도 마주친 적이 없는데, 여자분은 오늘까지 3번째 만남을 가진 상태입니다. 외국인 남자분이 출발은 늦게 했으나, 힘이 좋아서 따라잡은 것 같습니다.

여자분 혼자 다니니 외로울 것 같아 하늘에서 남자를 보냈나 하고 말도 안 되는 생각을 잠깐 하고, 도로가 차단되어 갈 수가 없어 일반 도로로 가기 위해 티맵 내비게이션을 켜고 출발하려는데, 여자 동행인이 오시더니 왜 못 가게 하냐고 물어보기에 자전거 도로가 폐쇄되어 일반 도로로 가야 한다고 알려 드리고 세 팀이 일반 도로로 출발했습니다. 여성분은 짐도 없지, 고가의 자전거를 타고 있지, 힘도 좋아 혼자 저 멀리 사라져 가고, 캐나다인 두 분은 여자분이 앞서가고 남자분이 그 뒤를 따르며 저를 앞서가는데, 따라가기가 벅차 페달이 밟아지는 대로 천천히 달려갔습니다. 자동차와 같이 달려야 해서 무섭고 힘들고 지치지만, 언덕을 오르고 내리막을 달리며 전진 또 전진했습니다. 오르막길을 오를 때는 부지런히 끌고 올라가고 내리막길에서는 속도를 늦추지 않고 달리니까 올라갈 때는 꼴찌로 달리다가 내리막에서는 캐나다인들을 앞질러 가는 게 은근히 재미있는 자전거 경주가 되어 주었습니다. 즐기면서 달리니 몸이 힘든지 모를 정도로 오랜만에 자전거 타는 즐거움에 빠져 가고 있었습니다. 재미를 느끼는 와

중에 언덕을 오르는데 캐나다 여자분이 무슨 문제가 있었는지 멈추어 있어 왜 그러냐고 했더니 우리말을 잘 몰라 의사소통이 안 됐습니다. 어쩔 수 없이 그냥 출발해 가고, 여자분이 안 오니 남자분이 내려오고 있었습니다. 언덕을 향해 열심히 오르면서 뒤를 보아도 캐나다인들 모습은 보이지 않았으며, 이 시간 이후로 캐나다인들은 다시 볼 수가 없었습니다.

안내인이 가르쳐 준 대로 15km를 지나 카카오 내비게이션을 켜니 얼마 달리지 않고 자전거 도로로 합류할 수 있게 되었습니다. 안정된 주행이 이루어지니 달리기가 편해지고 즐거웠습니다.

양산물문화원 인증센터(41)(경남 양산시 물금읍 물금리)
오후 1시 31분

반복적인 일들을 하고 있는데, 광주에서 온 젊은 친구들을 또 만나니 이산가족을 만난 것처럼 무척 반가워 인사하고 왜 이제야 여기까지 왔냐고 물었습니다. 힘들어서 푹 쉬다가 출발해서 그랬다고 하는 걸 보니 젊은이들도 힘들어하는데, 저는 더 힘들어 쓰러지기 직전에 와 있습니다. 하지만 이를 악물고 달려갈 것입니다.

마지막 목적지인 낙동강하굿둑으로 젊은 친구들이 먼저 출발하고, 저는 휴식을 좀 더 갖고 출발했습니다. 경부선 철도길과 자전거길이 함께해 가끔 열차들이 지나다니고, 강변길을 따라 동원역을 지나 구기 종목 운동장 요트 선착장 구포역 가로수길이 계속 이어져 시내에 들어서니, 차도 많이 보이고 공원에 나와 있는 시민들이 보였습니다. "부산에 왔으니 낙동강하굿둑 인증센터는 얼마 남지 않았구나." 하고 중얼거리며 기분 좋게 달려갔습니다. 다행히도 가파른 언덕이 없어 잘 달릴 수 있는데, 자전거 타시는 분들이 많아 안전을 중요시하면서 조심스럽게 운행하며 갔습니다. 일반 도로를 달릴 때 한참 앞서갔던 여성 동행인이 추월해 가면서 "먼저 갑니다." 하고 앞서가는데, 금방 저 멀리 가고 있는 걸 보니 힘이 좋은 데다 자전거가 좋아 잘 달리는 것 같았습니다. 그런데, 이상하다. 저보다 몇 배는 앞서갔는데 왜 이제야 가는 걸까? 오면서 푹 쉬다가 이제야 가는 걸까? 여러 가지가 궁금해집니다.

힘들고 험난한 언덕길 세 곳을 달려서 그런지 페달을 밟는 게 자꾸만 수백 톤을 밟는 것처럼 다리에 힘이 없어져만 가 곧 쓰러질 것 같았습니다. "만형아, 다 왔다. 힘 좀 내 봐. 이보다 더 힘들어도 잘 견디며 여기까지 왔잖아. 힘 좀 내 봐. 힘내라, 만형아!"를 외치며 울부짖으니, 힘이 다리로 전달이 되어 강하게 페달을 밟으며 이를 악물고 발악을 해 겨우겨우 달려 낙동강하굿둑으로 우회전하여 도착했습니다.

낙동강하굿둑 인증센터(42)(부산시 사하구 하단동)
오후 3시 52분

여성 동행인이 쉬고 계시기에 왜 이제야 도착했냐고 물었더니 길을 잘못 들어 한참을 돌고 돌아서 늦어졌다고 하십니다.

주위에 몇몇 자전거 동행인들과 대화하면서 16일째 하루도 쉬지 않고 자전거를 타고 있으며, 인천에서 출발해 동해안을 돌아 울릉도 독도를 거쳐 부산에 왔으며, 광양에서 목포로 가 제주도를 갈 거라고 일장 연설을 했더니 대단한 일정이라며 칭찬해 주시고 박수까지 쳐 주시는 분도 계셨습니다. 고급스럽게 생긴 자전거를 가지고 계신 분이 대단하다며 칭찬하시기에 "자전거가 비싸 보이는데, 얼마입니까?" 하고 물었습니다. 1천5백만 원 전기 자전거라고 말씀하셔서 한동안 머리가 띵했습니다. 비싼 자전거를 타시네요. 부럽습니다.

먼저 도착한 여성 동행인과 서로 사진을 찍어 주며 자전거 비싸 보이는데 얼마냐고 물었더니, 일천만 원이 넘는다고 하시기에 잘 달리는 이유가 있었구나, 하고 생각했습니다. 내 자전거는 중고 거래 당근에서 49,000원에 구매해서 이것저것 수리해서 타고 온 생활 자전거라고 말했더니 눈이 동그래지며 놀라는 표정을 짓습니다.

자전거를 구매할 때도 망설이지 않고 49,000원에 구매했고, 자전거 수리를 해 주시는 분도 생활 자전거로 국토 종주는 큰 사고가 날 수도 있다고 강조하셨지만, 한 귀로 듣고 한 귀로 흘려 버렸습니다.

고가의 자전거로 국토 종주를 하는 것은 사치에 불과합니다. 돈이 없어 그런 게 아니고 실패한 인생을 성공한 인생으로 만들기 위한 확고한 의지 때문에 자전거 종주를 시작한 거지, 고급 자전거를 타고 여유로운 여행을 다니는 것이 아닌 그랜드 슬램 성공만을 위해 국토 종주를 선택한 거라 생활 자전거로도 충분히 가능하다는 생각이 강했습니다.

자전거를 구매할 때나 지금이나 자전거에 대해서 잘 모르지만, 지금 자전거와 계속 함께할 생각입니다.

부부 동행인이 인증센터에 도착하시자마자 무지하게 힘들다면서 "아우, 힘들어." 하시기에 자세히 보니까 조금 전에 자전거길에서 달리다 힘들어하면서 두 분이 쉬는 것을 보았습니다. 안면이 있어 사연을 물어보니 호주에서 국토 종주를 하기 위해 인천 아라뱃길에서 부산까지 총 15일이 걸렸다고 하셨습니다. "더는 못 가겠다." 하시며 주저앉는데, 무척 힘들고 지쳐 보입니다.

아라뱃길에서 낙동강 하굿둑까지 633km이니, 평균 잡아도 하루에 42km를 넘게 달려야 올 수 있는 거리입니다. 평지를 달리면 많이 달릴 수 있지만 급경사 언덕을 만나면 그야말로 지옥을 맛보니 더욱더 힘들어져 시간이 갈수록 지체되는 걸 경험한 나로서는 이해가 갑니다. 호주에서 오셔서 시차도 있으실 거고, 자전거 도로도 험난한 곳이 많아 힘들고 지칠 때마다 휴식을 취하면 갈수록 체력이 떨어지고, 더 이상 달리는 게 힘들어져 포기하고 싶었을 텐데, 포기하지 않고 끝마친 게 대단합니다.

저는 1시간 동안 주행하면 앉거나 쉬지 않고 자전거를 끌고, 다리가 아플 때까지 걸어가면서 쉬는 걸 대신하여 체력 안배를 하는 것을 나름대로 기준을 만들어 실천했습니다.

낙동강 종주는 오늘로 끝나 남동생이 살고 있는 하동으로 가기 위해 화물차를 호출하고 있는데, 호주에서 오신 분이 우리도 시내 호텔로 갈 수 있게 불러 달라고 해서 가격을 물어보니까 시내는 8만 원, 하동은 14만 원이라고 했습니다. 호주분에게 8만 원이라고 하니 비싼 거 아니냐고 하시기에 힘들고 지쳐 있을 때는 돈에 집착하시지 말고 내 몸을 생각하시는 게 올바른 생각이라고 말씀드리니 고개를 끄덕이시면서 호응하셨습니다. 화물차를 호출하고 여성 동행인은 고속버스를 타고 서울로 간다고 먼저 떠나고, 화물차가 도착하여 하동으로 가면서 기사님과 대화의 창을 열고 지금까지의 사연을 무용담처럼 말하자, 기사님이 대단한 일을 하고 계신다고 칭찬하셨습니다. 저도 제 자신이 강하고 위대하다고 느낍니다.

6시 23분에 하동에서 동생을 만나 저녁 식사를 하기 위해 걸어서 한참을 지나 보니 하동 지리산흑돼지 식당이 보이는데, 손님이 많아 보여 자리가 없으면 어쩌나 하고 들어갔더니 다행히 한 테이블이 비어 행운을 얻은 것처럼 기뻤습니다.

자전거 여행을 하면서 느낀 거지만, 숙박업소를 운영하시는 분들은 정말로 고마운 분들인 것 같습니다. 아무리 많은 돈을 가지고 있어도 잠잘 곳과 먹을 곳이 이곳에 없다면 돈이 무슨 소용이 있겠는가 싶어집니다.

고마운 곳에 빈자리까지 있으니 얼마나 좋은지 모르겠습니다.

삼겹살에 소주를 먹으면서 그동안 못다 한 이야기로 꽃을 피우면서 기념으로 사진도 찍고, 식당을 나와 집에 와서 빨래를 하고 동생은 소주, 난 캔맥주로 2차를 하면서 시간 가는 줄 모르게 대화를 했습니다. 다 된 빨래를 건조대에 널고 형제가 아주 오랜만에 같이 잠을 자니 그동안 힘들었던 것들이 눈 녹듯이 사라져 가는 걸 느꼈습니다. 동생 집에 오기를 정말 잘했다고 칭찬하면서 잠이 들어 매우 행복한 밤입니다.

남동생과 저는 정반대의 삶을 살았습니다.

남동생은 나보다 세 살 아래로, 하동회사에 부장으로 근무하고 가족은 인천에 거주해 혼자 사택에서 살고 있습니다.

동생은 복을 타고난 행운아인 것 같습니다.

어머니가 동생을 업고 버스를 타셨는데, 일면식도 없는 스님이 어머께 다가오셔서 '이 애는 커서 나라에서 주는 돈으로 살 팔자니 훌륭하게 키우시라' 말씀하셔서 어머니는 스님 말씀을 믿으시면서 동생을 귀하게 여기면서 사셨습니다.

동생은 중학교 때 공부를 잘해 학교 추천으로 서울에서 고등학교를 졸업하여 회사에 근무하게 되어 벌써 30년이 넘게 근무하고 있습니다.

스님 예언대로라면 인간은 태어나면서부터 본인이 가야 하는 길이 정해져 있는 것처럼, 동생은 물 흐르듯이 순조롭게 풀려 지금에 이르렀고, 저는 중학교를 1년 다니고 월사금을 못 내 자퇴하고 15살부터 사회생활을 시작했습니다. 어린 시절부터 숱한 고생과 역경이 함께해 인생 밑바닥까지 추락해 나뒹굴어 보기까지 해한 많은 삶을 살아왔습니다. 역술로 풀이한다면 살이 끼어 험하게 살아온 것이지만. 제가 험하게 사는 게 오히려 낫습니다. 워낙 강한 사람이라 실패를 이겨 내고 더 강한 남자가 되기 위해 자전거로 전국 일주를 단 하루도 쉬지 않고, 몸살감기로 온몸이 쑤시고 엉덩이가 심하게 아파도, 음식으로 인해 설사를 3일씩이나 해도 국토 종주 그랜드 슬램을 위해 절대 쓰러지지 않을 것이며, 반드시 성공하여 정상에 우뚝 서겠습니다. 누구나 아무나 할 수 없는 일들을 이루면 그 기억이 오래오래 남아 영원히 기억될 것입니다.

오전 7시 50분, 경남 하동 궁항리에서 일반 도로에서 달리면서 운전자들에게 피해를 주지 않으려고 도로 가장자리로 달리는데, 잔해물과 움푹 파인 곳들이 많아 조심조심 운행했습니다. 대형 자동차들이 견제하며 많이 지나다녀 긴장을 늦출 수 없어 힘들지만, 삼진 대교를 건너 대형 공장이 많은 곳을 지나 수변공원에 진입했습니다. 공사가 진행되어 길이 없어 공사 구간을 피해 자전거를 끌고 길이 있으면 타고 강변 데크 길을 지나 도착했습니다.

배알도 수변공원 인증센터 (43) (전남 광양시 태인동)
오전 8시 38분

　　섬진강과 남해 바닷가가 만나는 곳, 배알도라는 이름은 섬 모양이 건너편의 망덕산을 향해 절을 하는 형상이라고 해서 붙여졌고, 해맞이 다리와 별 헤는 다리 두 개의 다리가 있는 공원이었습니다. 평일 아침이라 조용한 공원은 아름다운 섬진강 자전거길의 시작이자 종착점으로, 자전거 동행인들의 행복 쉼터이고, 광양 유일의 섬인 배알도 수변공원 규모가 대단히 크고 시설이 많아, 둘러보고 가기에는 시간이 많이 필요할 것 같습니다. 인증 수첩에 도장을 찍고 나오는데 젊은 남자 동행인이 인증 수첩에 도장을 찍고 가시면서, 전에 여기 오기 전에 자전거가 고장이나 못 오시고 오늘에야 다시 왔다면서 미소 지으면서 뒤돌아 갔습니다. 참 대단한 열정이라고 생각하면서 마침표를 찍지 못하고 뒤돌아갈 때 아쉬움이 얼마나 컸을까? 하고 생각하게 됐습니다.

태인대교를 지나 별 헤는 다리가 직선이 아닌 곡선형 다리 두 개가 똑같은 모형으로 연결되어 배알도를 이어 주는 모습을 하고 있는 것이 시선을 멈추게 해 한참을 바라봤습니다. 다리의 아름다움에 감탄을 금할 길이 없습니다.

섬진강 강변길 따라 구경하면서 흥얼흥얼 노래를 부르며 모처럼 여유를 갖고 달리니 기분 전환이 되지만 몸은 여전히 힘들어합니다. 아기자기하게 강가 풍경들이 다른 곳하고 차원이 다르게 아름다움을 뽐내고 있어 자꾸만 강가의 풍경에 시선을 주게 됩니다. 망덕 포구를 거처 윤동주 시 정원 옆 호수에 멋진 섬 쉼터가 있어 멋진 풍경을 감상하고, 남해 고속도로 섬진강 휴게소가 강을 바라보고 있어 운전자와 관광객들에게 멋진 추억과 휴식을 선사하고 있었습니다. 섬진강교 건너 비닐하우스 농경지가 넓게 끝도 없이 펼쳐 보이고, 강둑길은 시원하게 뻗어 있지만 시멘트 도로여서 승차감이 안 좋아 궁시렁거리면서 지나갔습니다. 가파른 언덕도 없고 경치도 좋아 기분 좋게 달리니 정신도 맑아지고 몸도 가벼워 신나는데, 우체통 모양으로 생긴 빨간색 건물이 멀리서도 한눈에 들어와 가까이 가서 보니 참 이색적인 우체통 화장실이 있었습니다. 호기심 때문에 들어가 시설을 이용하고 나와 갈 길을 재촉하며 길 건너에 일자로 우뚝 솟은 섬진강 끝들 마을 안내 간판을 지나면서 참 특별한 마을 지명이라는 생각이 들었습니다. 뜻을 알고 싶지만, 그냥 통과했습니다. 산악자전거 체험장 안내판을 보고 우측을 바라보니 하천에 체험장이 넓게 조성되어 누구나 산악을 체험할 수 있게 되어 있었습니다. 보아하니 동행인들의 각축장이 되겠고, 거북 등 터널을 통과 강변길 따라 왼쪽으로는 비닐하우스 농경지가 드넓게 펼쳐져 보이고, 오른쪽으로는 유채꽃 단지가 조성되어 유채꽃이 필 때 오면 예쁜 유채밭이 되어 노란색으로 물들어 아름다움을 선사하겠습니다.

특이한 안내판인 '맹고불고불길'이 보였습니다. 맹형규 행안부 장관이 직접 설계하신 걸 기념하기 위한 자전거길이라고 안내되어 있어 고개를 갸우뚱하게 되는 의문이 생겼습니다. 섬진나루터를 지나니 강 쪽에는 모래톱이 동산을 이루고, 가로수로 매화나무가 길 따라 심어져 봄에 오면 멋진 자전거길이 되어 관광객을 모을 듯합니다. 수월정에 오니 대형 원형 도로 가운데에 처녀와 두꺼비 동상이 있어 섬진강의 유래를 동상이 설명해 줄 정도로 강렬한 인상을 심어 주고 있었습니다. 두꺼비 머리 모양으로 된 쉼터가 쉬었다 가라고 유혹하지만 뿌리치고 무사히 지나서 도착했습니다.

매화마을 인증센터(44)(전남 광양시 다압면 도사리)
오전 10시 40분

매년 3월이면 매화 축제가 열리는 곳, 섬진강 강줄기가 한눈에 펼쳐지고 사방이 산으로 에워싸여져 매화마을이 아늑하게 보입니다. 오래전에 매화꽃이 온 동네가 화려하게 만발할 때 방문했는데 오늘은 사방을 둘러보아도 매화꽃은 다 지고, 평일이라 관광객도 없어 평범한 시골 마을처럼 한산하게 조용히 마을이 휴식하고 있습니다.

자동차 타고 여기에 올 때는 여유가 있어 마을을 한참 돌아다니며 구경하고 갔는데, 오늘은 여유가 없어 자전거를 타고 떠나가기 바빠서 여행이 아니라 극기 훈련을 하고 있는 것 같습니다. 송정공원을 돌아 강변길을 따라가다 보면 고사마을 입구에 두 아낙네의 조형물이 서 있지만, 왜 서 있는지는 안내판을 봐야 해서 그냥 가던 길을 마저 가다가 편의점에서 물과 이온 음료를 구매하고, 자전거 체인에 기름을 발라 점검하고 자전거길에 들어서니 따뜻한 가을 날씨에 곤충들이 도로에 나와 일광욕을 하고 있는 모습이 보였습니다. 곤충들을 피해 조심스럽게 달려 대나무밭과 과수원을 거쳐 가는 풍경에 눈이 바쁘지만, 도로가 불량스러워 인상을 찌푸리며 언짢은 기색을 드러냈습니다. 강과 산이 만들어 내는 입체감이 섬진강에서만 볼 수 있는 풍경으로 가득하고, 일반 도로를 따라가는데 언덕이 반겨 주고 있었습니다. 자전거를 타고 오르면 다음 언덕 때 힘들어 자전거를 끌고 올라감으로써 체력 소진을 줄이고, 내리막길을 초고속으로 내려가니 온몸에 전기 흐르는 것처럼 찌릿찌릿합니다.

강둑길을 쉴 새 없이 달려 광양과 하동 화개장터로 갈라지는 삼거리에 도착했습니다.

남도대교 인증센터(45) (전남 구례군 간전면 운천리)
오후 12시 19분

2003년 7월 29일에 개통된 한강 서강대교에 이어 두 번째로 건설된 최고의 교량 대교 위는 도로보다 곡선 모양의 빨간색, 파란색의 반원형 철탑이 웅장하게 서 있는 것에 시선이 압도되어 발길을 멈추게 합니다. 인증센터 옆 분식집에서 생소한 이름인 쑥부쟁이 김밥을 먹었는데, 불고기와 쑥부쟁이가 들어가 맛이 일품입니다.

일반 도로에 파란색 차선으로 자전거 도로를 구분해서 자동차의 견제가 시작되는 구간이라 조심조심 달려가는데, 가을날의 햇살을 받으며 구름 한 점 없는 청명한 가을하늘 아래 불자들이 강에 방생하는 남생이가 도로에 갇혀 오도 가도 못하고 가만히 있어 강가에다 데려다주는 여유도 가져 보네요.

가로수가 양쪽으로 숲 터널을 이루고 있어 시원한 기분이 들었습니다. 한결 가벼운 마음으로 달려 트리 타워 전망대를 지나니 국악에 쓰이는 악기 장구를 형상화해서 만든 화장실이 나타납니다. 내부가 궁금해 구경했지만, 일반적인 화장실 구조와 다를 게 없었습니다. 섬진강 자전거길 주변에는 특색 있게 만든 화장실이 있어 호기심을 자극해 시선을 멈추게 하지만, 갈 길을 따라 그대로 달렸습니다. 어류 생태관이 대단히 크게 조성되어 있어 볼거리가 많지만, 그냥 무시하고 어류 생태관을 좌측으로 돌아 나왔습니다. 대평마을 삼거리를 지나 원형 도로에서 좌회전 후 월평교를 건너 우회전했습니다. 자전거 전용 도로로 진입한 후 마음의 안정을 갖고 편하게 달리기 시작했습니다. 지리산 전망대 쉼터를 지나 자전거 전용 다리를 건너 강둑길을 쉬지 않고 달리니 비닐하우스 농경지가 많이 보이는 강변길이 나옵니다. 똑같은 풍경만 한없이 이어져 지루하고, 노면이 불량한 시멘트 도로는 자전거 동행인들을 피로하게 합니다.

사성암 인증센터 (46) (전남 구례군 문척면 죽마리)
오후 2시 23분

구례군 오산 정상 절벽에 지어진 사찰이며, 원효대사, 도선국사, 진각국사, 의상대사 고승이 수도한 사찰입니다. 대형 주차장에는 일반 자동차도 많고, 관광버스도 여러 대 보이고, 행사 천막이 많이 세워져 있었습니다. 앞으로 큰 행사를 준비하는 것인지 행사가 끝나고 아직 수거를 안 한 건지 모르겠습니다.

강둑 따라 자전거길이 만들어져 있어 수월하게 운행이 되어 신나게 쉬지 않고 전진하는데, 가로수에 벚꽃 나무가 있어 봄에 오면 꽃들이 만발해 아름다운 풍경을 볼 수 있겠습니다. 구례 구역이 좌측에 있고, 우측으로 상가들이 쭉 보이고, 삼거리에서 우회전해 구례교를 넘어 옛날 구례구역을 지나 강변길 따라 고속 도로 대교를 지났습니다. 그 길부터는 민가도 없지 사람도 보이지 않아 홀로 고독을 삼키며 묵묵히 페달만 밟으며 압록 공원, 다무락, 농어촌체험 휴양마을, 수석감상실, 곡성천문대, 곡성청소년 야영장, 다목적운동장, 두가현, 호곡나루터, 도깨비 마을 입구 등을 두루 거쳐 오후로 넘어가니 날씨가 쌀쌀해지고, 해도 점점 서쪽으로 지고 있었습니다. 숙소를 찾기 위해 도로 화단에 물을 주고 관리하고 있는 젊은 공무원분들에게 금방에 여관이 있냐고 물었더니 반대쪽을 가리키며 곡성으로 가라고 해서 일반 도로를 따라 고달교를 건너 20분을 달렸습니다. 곡성읍에 위치한 그랑프리 모텔에 갔더니 방이 없다고 합니다. 왠지 모르게 불길한 기운이 맴돌기 시작합니다.

읍내를 돌고 돌아도 여관을 찾을 수 없어 행인들께 물어보니 방금 나온 그랑프리모텔만 알려 주십니다. 하는 수 없이 외곽으로 한참을 오르락내리락을 반복하며 돌아다니다 도림사 계곡 안내판이 보였습니다. 그곳에 적혀 있던 독채 펜션 집에 전화했더니 가격이 25만 원이라고 해서 할인 안 되냐고 했더니 절대 안된다고 하여 다른 곳을 찾아 돌아다니는데, 밤이라 사방이 잘 보이지도 않고 가로등도 없어 무척 힘들었습니다. 아무 데나 누워 쉬고 싶지만 그럴 수 없어 어금니를 꽉 물고 힘을 내 찾아 나섰습니다. 그러나 여전히 숙소를 찾지 못했고, 몸은 지칠 대로 지쳐 너무 힘들었습니다. '그냥 아까 전화한 데서 25만 원 주고 잘까. 아니야, 그럴 순 없어. 좀 더 찾아보자. 알뜰한 소비를 해야지. 과소비는 사치일 뿐이야.' 흐트러진 마음을 가다듬고 위쪽으로 올라갔더니 캠핑야영장이 보였습니다. 하지만 사무실 불이 꺼져 있어 실망하며 내려오다가 올라올 때 못 본 도림사 펜션이란 간판을 발견하게 되었습니다. 전화해서 "사장님, 제가 지금 자전거 여행 중인데 방을 못 구해 길에서 자게 생겼어요. 도와주세요." 하고 말씀드리니 원래는 방값이 10만 원인데 7만 원에 해 주겠다고 하시며 기다리라고 하셨습니다. 펜션 앞에서 한참 기다리니 사장님이 오셔서 현관문을 열어 주셨습니다. 저녁을 못 먹어서 그러는데 금방에 음식점이 있냐고 물으니 근방에는 없고 한참 나가야 있다고 하셨습니다. 다만, 사장님이 배고플 때 가끔 끓여 먹는 라면이 있는데 그걸 주시겠다고 하시면서 창고로 가서 라면 두 봉지와 김치까지 내어 주셔서 "사장님, 고맙습니다." 하고 몇 번이나 인사를 드리고 라면값을 드리겠다고 했지만, 한사코 안 받으신다고 하시기에 어쩔 수 없이 거두면서 고맙다는 인사만 연신 했습니다. 라면 2봉지를 끓여 먹는데, 지금까지 먹어 보지 못한 라면 맛을 느끼게 되었습니다. 태어나서 처음으로 라면 2봉지를 먹다니. 평소에는 라면은 1봉지만 먹어도 배가 불러서 2봉지를 못 먹을 줄 알았는데, 거뜬하게 먹고도 배가 부르지 않다니. 운동량이 많아져 갈수록 식사량이 많아지는 것을 느낍니다.

숙소를 찾기 위해 2시간 이상 헤맸더니 몸이 많이 피곤합니다.

도림사 펜션이 아니었다면 어떻게 되었을지 상상하기 싫습니다.

사람의 향기를 듬뿍 마시고 감사의 마음을 가슴에 가득 담고 하루를 마감해 봅니다.

아침에 기상하자마자 펜션 사장님께 문자로 '사장님 덕분에

행복하게 하룻밤 잘 잤습니다. 고맙습니다.' 하고 인사를 전했습
니다.

오전 7시 35분, 숙소에서 나와 곡성 읍내 두 목 소머리국밥집에서 아침을 먹고 출발했는데, 곡성이 관광지가 많은 곳인지 여기저기 볼거리들이 눈에 들어왔습니다. 애써 외면하고 일반 도로를 따라 자전거길로 합류해 섬진강 물줄기를 따라 횡탄정 정자를 지나 도착했습니다.

횡탄정 인증센터(47) (전남 곡성군 고달면 뇌죽리)
오전 8시 56분

이곳은 남 전 여 씨의 향약을 바탕으로 한 난정 정자입니다.

공공 근로 하시는 어르신들이 삼삼오오 모여 말씀들을 나누시면서 어디에서 왔냐고 물으시기에 인천에서 출발하여 18일째 하루도 안 쉬고 자전거를 타고 있다고 했더니, 다들 놀라시면서 대단하다고 칭찬을 해 주십니다.

강둑길을 따라 달려가는데, 강물이 모이는 사거리에 다리 설치 비용이 많이 들어 옛날부터 있었던 다리를 사용하기 위해 다리가 있던 곳까지 디근 형태로 돌아와야 해서 강둑길 타고 네 번을 반복했습니다. 정상적으로 출발하여 가로질러 갈 수 있는 다리가 있다면 3분 만에 갈 거리를 30분 정도 허비하고 강둑길 따라 비닐하우스와 농경지가 평야를 이루고 그사이의 강을 건넜습니다. 하천에 자연 생태공원이 조성되어 있고 들판을 지나 끝도 없이 펼쳐진 하천길로 강둑길을 따라 자전거 전용 대교를 넘어 도착했습니다.

향가유원지 인증센터(48)(전북 순창군 풍산면 대가리)
오전 10시 40분

일자로 쭉 뻗은 자전거길과 터널을 지나 인증센터 옆에 야영장 음식점, 향가 유인 공방을 지나 향가터널 입구에는 곡괭이로 굴을 파는 농민 총과 곤봉을 든 일본 순사의 모형이 보입니다. 터널에 들어서니 냉장고처럼 시원해집니다. 다양한 볼거리가 많이 만들어진 작품 전시장 같은 터널을 나오니 금방 온도 차이를 느끼지만, 앞을 보니 시원하게 뚫린 자전거길 전용 다리가 보입니다. 또 한 번 시원함을 느끼고 농경지가 평야를 이루고, 강둑길이 옛날에 만들어진 다리를 찾아 디귿 형태를 이루는 길을 따라 섬진 강군민 체육공원을 지나 허허벌판에 강과 농경지 사이로 달리니 적막하여 고독해집니다.

날씨가 너무 덥고 땀도 많이 흘려 운동 시설이 갖추어져 있는 체육공원 정자에서 간식을 먹으며 휴식으로 방전된 몸을 충전하고, 대형 양식장을 지나서부터 건너편 산에는 나무와 바위들이 조화를 이루고 있고, 탄성을 지를 정도로 아름다운 절경을 이루고 있는 곳에 도착했습니다.

장군 목 유원지 인증센터(49)(전북 순창군 적성면 석산리)
오후 12시 39분

용골산과 무량산이 마주 보는 형태로 풍수지리상 장군 대좌형 명당이라고 합니다.

우리나라의 산과 들, 하천이 아름답고 또한 일품이지만 섬진강 장군 목 자전거길도 뒤처지지 않는 풍경을 자랑하고 있다는 사실을 오늘 보고 갑니다.

야영장을 운영하는 편의점에서 점심을 컵라면으로 먹고 이온 음료와 간식을 구매하고 보니 유원지라 가격이 보통이 아니었습니다. 내가 아쉬우니 어쩔 수 없다고 마음을 달래며 마지막 목적지인 섬진강댐으로 가는 길에 멋진 현수교 위를 지나다 아래를 바라보는데. 유명한 요강 바위가 보이네요.

아이를 못 낳는 여인이 요강 바위에 들어가 치성을 드리면 아이를 얻는다는 전설이 있고, 6.25 한국전쟁 때 마을 주민이 이 바위에 몸을 숨겨 목숨을 지킨 사람이 있었다고 합니다.

바위가 여러 가지 모양으로 이루어져 있는 곳으로 물이 물결치며 흘러 내려가는 모습이 생동감이 넘칩니다.

하천길 따라 잠수교를 지나면서 장마철에는 다리가 낮아 통행금지가 될 것 같네요.

강변 사리 야영장을 돌아가는데, 야영장 규모가 대단히 크게 보이고 강둑길에 산만 보이는 길이 지루할 정도로 계속 이어지다 임실 김용택 시인 문학관이 왼쪽에 보이고 섬진강교를 지나 강진교가 보입니다. 마지막 종착지에 도착했습니다.

섬진강댐 인증센터(50) (전북 임실군 덕치면 회문리)
오후 2시 42분

이곳은 대한민국 첫 번째 다목적 섬진강댐입니다. 반복적인 일들을 하고 있는데, 젊은이 둘이 와서 도장을 찍었습니다. 쉬면서 그들과 대화를 하고 지금까지 지나온 일정을 자랑했더니 대단한 도전이라면서 엄지 척을 해 줍니다.

저는 담양댐으로 가기 위해 화물차를 불러야 했고, 젊은이들은 화물비를 아끼기 위해 일반 도로로 간다며 출발했습니다. 화물차가 도착해 자전거를 싣고 기사님하고 대화를 하는데, 자전거를 왜 타는지 모르겠다고 시비를 걸어 왜 그러시냐고 했더니 자전거를 타면 무릎이 안 좋아져서 자기는 절대 안 탄다고 강조하면서 저에게도 타지 말라고 했습니다. 저는 아무리 오래 타도 무릎은 이상 없다고 강하게 어필했더니 조용해집니다.

벽창호하고 대화하는 것 같아 침묵으로 대신하고 영산강 자전거길의 시작점에 도착했습니다.

담양댐 인증센터(51) (전남 담양군 금성면 대성리)
오후 4시 20분

300리 호남 벌을 적시고 서해로 흐르는 남도의 젓 줄 담양댐입니다. 먼저 도착한 동행인 중 한 분은 바퀴가 작은 꼬마 자전거를 타고 다니셨습니다. 낙동강을 종주할 때 젊은이가 타던 자전거와 똑같아 눈여겨 보지만, 꼬마 자전거는 왠지 노력한 만큼 소득이 없는 비효율적인 자전거란 생각이 강하게 듭니다.

쉼터에 앉아 동행인들과 대화를 나누면서 일정을 자랑했더니 이구동성으로 대단한 여행이라고 칭찬을 해 줍니다.

담양댐 근처에는 숙박업소들이 많았지만, 좀 더 달리다 숙소를 정하기로 하고 동행인들보다 먼저 가고 있는데, 꼬마 자전거를 타신 동행인이 "먼저 갑니다." 하며 추월해 가는 모습이 보였습니다. 바퀴가 작아 페달을 마구잡이로 온몸을 흔들면서 열심히 밟는 게 너무나 우스꽝스러워 한참을 바라보면서 신나게 웃었습니다.

얼마 만에 웃어 보는지. 자전거를 타게 되면서 얼굴에 웃음이 사라지고 감정이 메말라 정신이 고장 나고 있다는 것을 깨닫게 되었습니다. 긴급으로 수리해야겠네요,

힘들고 피곤해도 긍정의 힘으로 극복해 나가는 여행을 하자.

그분은 체력이 받쳐 주는지 쉴 새 없이 페달을 밟아 멀리 사라져 가는 걸 볼 수 있었습니다. 따라가려고 했지만 따라가기가 힘들어 페달이 밟아지는 대로 도착했습니다.

메타세쿼이아 인증센터(52) (전남 담양군 담양읍 학동리)
오후 4시 50분

메타세쿼이아 가로수가 길 양쪽으로 조성되어 멋진 풍경을 선사하고 있습니다. 담양 메타세쿼이아 가로수길은 유명한 관광 명소입니다. 전남 도립 대학교와 담양 종합 체육관을 지났더니 자전거길에 보행자들이 많아 조심스럽게 달리면서 숙소가 근처에 있는지 살피며 지나갔습니다. 그러다 5시 15분에 브리움포에버 호텔에 가서 숙박을 하겠다고 하니 방이 딱 하나 남아 있어 숙소를 정하고, 가까운 한식 식당에서 식사를 하고 아침 식사 대용으로 떡집에서 찰밥을 구매해 숙소에 와서 하루를 마감합니다.

토요일 오전 7시 37분에 숙소를 나왔습니다. 아침이라 제법 바람이 쌀쌀하지만, 토요일이라 자전거 동행인들이 많이 보이고 따스한 햇볕 덕분에 자전거를 타기에 좋은 날이었습니다. 가파른 언덕이 없어 힘들지 않지만 도로 노면 상태가 불량해 승차감이 안 좋아 달리기가 불편하고, 피로도가 급상승합니다.

　　상류 쪽에는 강폭이 좁아 개울처럼 보이는데, 시내로 접어들면서 강폭이 넓게 펼쳐져 이제야 강처럼 보이고, 평야를 가르는 강둑길은 한적하고 경관은 좋지만 자동차와 같이 사용하는 도로에 진입해 몹시 긴장이 되면서 공포감도 함께 느껴졌습니다. 열심히 달려 담양군 하수 처리장을 지나 대나무숲 구간에 멋들어진 대나무숲이 양쪽으로 이어져 멋진 풍경을 선사하고 있었습니다. 그늘까지 만들어 주니 시원함까지 더해집니다. 생태습지공원을 지나 도착했습니다.

담양 대나무숲 인증센터(53) (광주시 북구 용전동)
오전 8시 29분

명칭만 대나무 숲이지 대나무는 보이지 않고 강둑 허허벌판에 인증센터와 함께하는 작은 쉼터만이 놓여 있었습니다. 주차 차량이 많아 자전거길과는 상반되네요.

행정구역은 광주시인데 대나무가 유명해서 담양 대나무숲 인증센터인 것 같고, 진짜 대나무숲은 죽녹원이 유명한 관광지입니다.

오래전에 메타세쿼이아 가로수길과 죽녹원에 와서 즐겁고 행복하게 여행을 했었습니다.

빨간색으로 예쁘게 곡선이 만들어진 대교를 바라보며 공업지대를 달려 시내 근접 지역을 지났습니다. 보행로가 구분이 안 되어 보행자와 함께하려 하니 조심스럽고 불편한 운행이 됩니다.

하천부지에는 게이트볼장도, 보이고 자전거길 안내 센터도 있고, 하천길을 따라 쭈욱 가다 시가지를 벗어나니 농경지가 끝도 없이 펼쳐 보입니다. 물결치며 흘러가는 강물을 따라 승천보 다리를 지나 좌회전하니 웅장한 건물이 보입니다.

승천보 인증센터(54) (광주시 남구 승촌동)
오전 10시 41분

승천보에는 자전거 동행인들이 수를 헤아릴 수 없이 많이 모여 있었습니다. 복잡한 시장처럼 혼란스러워 보였습니다. 유인 인증센터에 들르니 그동안 무인 인증센터에서 찍은 도장들을 담당 공무원이 확인하여 종주 스티커를 수첩에 붙여 주고, 컴퓨터에 기록을 해 주셨습니다. 국토 종주 중에 수첩을 잃어버리면 그동안 도장 찍어 놓은 것들이 모두가 허사가 될 것이고, 그것처럼 충격적인 일은 없을 것 같아 미리 유인센터에 들러 확인 도장을 받아 놓은 것입니다. 수첩 잃어버렸을 때를 늘 대비해야 합니다.

수첩에 도장을 찍기 위해 얼마나 많은 고생을 했는지 주마등처럼 스쳐 지나가고, 아직 종주는 끝나지 않았지만 한 계단 두 계단 오른다는 마음가짐으로 도전하고 있습니다. 아직도 도전할 곳이 많이 남아 있어 걱정이 많습니다.

승천보는 광주광역시가 가까워 자전거 동행인이 셀 수 없이 많지만, 승천보를 지나 죽산보로 향하니 가끔 한 명씩만 보이고, 갈수록 자전거 동행인들은 보이지 않았습니다. 혼자 외로이 묵묵히 한 바퀴 두 바퀴 돌리면서 카카오 내비게이션의 지시대로 나주대교 전망대를 지나 나주대교를 통과했습니다. 생태 습지 공원과 나주 종합운동장을 거쳐 영산강 체육공원을 보면서 영산교를 넘어 우회전했습니다. 우측에는 돛배 나루터, 좌측에는 나주 영산포 홍어 거리를 두고 지나가는데, 얼마나 반가운가. 객지에서 고향을 갈 때마다 지나다니던 유명한 나주 영산포 홍어 거리였습니다. 강 건너에서는 축제를 진행하는 진행자의 확성기 소리와 노랫소리가 울려 퍼져 저를 반기는 것 같았습니다. 자동차로 고향을 다닐 때는 영산교 앞 신호가 바뀌면 쌩하고 지나가기 바쁜데, 자전거를 타고 구석구석 구경할 수 있어서 매우 뜻깊은 여행이 될 듯합니다. 너무 좋은 영산포 홍어 거리를 바라보면서 옛날부터 전해 오는 홍어 이야기를 해 보겠습니다.

아주 먼 옛날에 흑산도에서 홍어를 잡아 영산포까지 오는 15일 동안에 홍어가 맛있게 삭혀집니다. 그때 당시는 냉장 시설이 없어 생선을 잡아 항아리에 담았는데, 다른 생선은 썩어도 홍어는 썩는 게 아니라 삭혀져 톡 쏘는 알싸한 풍미가 느껴지는 특별한 맛으로 변합니다. 그렇게 입맛을 사로잡아 유명해진 영산포 홍어. 지금도 그 맛을 찾아 관광객과 지역민들이 영산포를 방문하고 있으며, 홍어를 먹고는 절대 배탈이 없으며, 홍어와 삶은 돼지고기, 김치를 삼합으로 막걸리와 먹으면 환상의 궁합입니다. 전라남도 사람들은 잔칫집에 홍어가 없으면 잔치가 아니라고 여겨서 잔치할 때마다 홍어는 무조건 1순위로 준비해야 제대로 된 잔치라 여겼습니다.

홍어 가격이 상상을 초월할 정도로 비싼 시절이 있어 한때는 이 지역에서는 잔칫상에 홍어 안 올리기 운동도 전개되어 한동안 홍어를 안 먹기도 했습니다.

홍어 때문에 생긴 일화도 있습니다.

도시에서 살던 처녀가 전라남도 남자와 결혼해 시댁 잔칫날 항아리에서 홍어를 꺼내 썰어 놓고 잠시 자리를 비운 사이에 도시에서만 산 며느리가 홍어를 보고 처음 본 생선이 냄새까지 고약해 썩은 생선이라 여기고 다 버려서 난리가 났고, 잔칫날이 울상이 되었다고 할 정도로 홍어는 냄새가 심하게 고약합니다.

전라남도에서는 홍어를 삭히기 위해 잔치가 있기 며칠 전부터 홍어를 사다가 항아리에 먼저 볏짚을 넣고 그 위에 홍어를 올린 다음, 다시 볏짚을 넣어 항아리 뚜껑을 닫아 볏짚으로 항아리를 덮어 며칠 놓아둡니다. 그대로 푹 삭히면 알싸한 맛을 가진 홍어로 변신하지만, 홍어는 삭히면 삭힐수록 냄새가 아주 고약해서 냄새만 맡아도 먹지 못하는 사람들이 있습니다.

요즘 시골은 잔칫상이 없어지고 대중식당에서 연회를 하다 보니 홍어 먹어 볼 기회가 옛날만큼 많지 않은데, 가끔은 홍어를 따로 준비해 주시는 분들이 계시면 그때 맛있게 먹을 수 있을 정도로 잔칫상이 변했습니다.

홍어를 한 상 먹고 싶지만, 막걸리가 마시고 싶어질까 봐 참고 가기로 합니다. 다음에 방문할 때는 홍어 한 상에 막걸리를 먹으면서 자전거를 타고 지나갔던 추억에 젖어 볼 생각입니다.

양목교를 건너 우회전하여 언덕길을 끌고 오르고 내려 나주 상수도 사업소 위생 처리소를 뒤로하고, 마을을 거쳐 쉬지 않고 강둑길을 달리고 달려서 도착했습니다.

죽산보 인증센터(55) (전남 나주시 다시면 죽산리)
오후 12시 30분

동행인들이 인증센터에 몰려들어 자랑했더니 대단하다고 칭찬을 과하게 해 주십니다.

죽산보는 몇 년 전에 자동차로 여행을 왔던 곳인데, 자전거길 무인 인증센터가 있는지도 몰랐던 곳입니다.

배가 고파 아침에 절반만 먹고 남겼던 찰밥 절반을 점심대용으로 어기적어기적 먹으면서 목이 마를 때는 생수로 목마름을 달랬습니다. 반찬도 없이 찰밥을 먹는 게 불쌍하게 보이지만, 여행하면서 몇 첩 밥상에서 먹을 수 없는 것이어서 어쩔 수 없습니다.

찰밥마저 가져오지 않았다면 오늘 점심은 못 먹었을 뻔했습니다.

농촌 마을 강둑길에 평야 지대만 이어져 있어 식당도 없고, 편의점도 볼 수가 없어 막막한 지역입니다.

자전거에 올라 페달을 열심히 밟아야 1m라도 가지 힘들다고 쉬면 언제나 그 자리에 멈추어 있을 뿐입니다. 1m, 10m, 100m, 달리면 달릴수록 가까워지는 것은 목적지입니다. 강둑길 따라 강 밑으로는 다야 수변공원, 강 건너에는 대지 예술공원 나주 영상 테마파크 간판이 보이고, 곡선 길을 돌아서니 나루터가 있고, 끝이 보이지 않는 평야 지대를 강둑길 따라 지루하게 달려가고 있었습니다. 강가 데크 길 위 산이 병풍처럼 둘러쳐져 있고 강한 바람과 강물만 흐르는 곳에서 여자 두 분이 낚시를 하고 있어 아주 특별한 여자들이라는 생각이 들었습니다. 강둑길에 허허벌판은 이제 지겨울 정도로 펼쳐지고, 바람도 강하게 불어 힘들어 죽을 지경인데 뒷바퀴에서 이상한 소리가 계속 나면서 페달 밟는 게 힘이 들고 전진이 잘 안 됐습니다. 아무래도 문제가 생긴 것 같아 자전거를 세우고 뒷바퀴에 엄지손가락을 눌러 보니 엄지손가락이 힘없이 푹 들어갔습니다. 펑크가 났다는 생각이 드니 머릿속이 복잡해집니다.

지금까지 펑크 없이 잘 왔는데, 인천을 떠나온 지 19일 만에 펑크를 접하니 당황스럽고 걱정되어 자전거에 실려 있던 짐들을 도로에 다 내리고 바람 넣는 공기주입기로 열심히 바람을 주입하기 시작했습니다. 인터넷으로 구매만 했지 사용 방법을 제대로 배우지 않아 애를 먹으며 작업을 하고 있는데, 구세주 같은 동행인 2명이 지나가길래 도움을 요청하고 싶었지만, 그들도 외면하고 가 버려 아무런 도움도 요청하지 못했습니다. 어떻게 겨우겨우 바람을 아주 빵빵하게 넣었더니 금방 빠지지 않는 게 작은 펑크란 걸 알게 되었습니다. 큰 펑크가 아닌 걸 다행으로 여기며 짐을 싣고 달리고 달려 느러지 전망대 인증센터를 찾아가는데, 카카오 내비게이션이 찾지 못해 왔다 갔다 몇 번을 반복하니 별안간 지금까지 지나온 일들이 부질없는 일로 느껴지는 듯한 슬픔에 빠지려고 했습니다.

산 정상에 전망대가 있는 걸 확인하고 무조건 정상에 가면 인증센터가 있을 것 같아 산비탈 등산길 언덕을 끌고 오르고 쉬기를 몇 번 반복했더니 전망대가 보였습니다. 이에 안심하고 언덕에 올라서서 아래를 보았더니 인증센터가 보이지 않아 걱정하며 조금 더 내려오니 삼거리에 빨간 부스가 보여 반가움에 미소가 저절로 지어졌습니다.

느러지 전망대 인증센터(56) (전남 나주시 동강면 옥정리)
오후 3시

한반도 지형을 닮은 물돌이를 전망대에서 보다 또렷하게 전망할 수 있으며, 국내 대표적 한반도 지형으로 알려진 강원도 동강과 비교해 강폭이 500~600m 이상 넓어 웅장한 맛이 일품입니다.

수첩에 도장을 못 찍으면 아무 소용 없는 일을 한 것처럼 생각되어 매번 인증센터를 찾으려고 시간을 허비할 때마다 없으면 어쩌나 하는 안타까움이 엄청 심하게 듭니다.

느러지 인증센터는 자치단체에서 관리를 안 해 도장 고무인만 따로 떨어져 나뒹굴고, 스탬프에 잉크도 없어 도장이 찍히지 않아 가지고 다니던 스탬프를 가져와 인증 수첩에 찍었습니다.

인증센터가 관리가 잘되는 곳이 있고, 안 되는 곳은 방치되다시피 부스 안에 각종 쓰레기가 떨어져 있고. 스탬프 잉크도 없고, 문도 잘 안 닫히지 않습니다. 자전거 도로가 개통된 지 12년이 지나다 보니 관리하는 곳도 그렇고 자전거 여행을 하는 동행인들도 소홀히 하는 게 많아 보입니다.

느러지 전망대도 몇 년 전 나주영상테마파크 죽산보와 같이 여행을 왔던 곳입니다.

공기를 주입하는 공구가 가끔은 인증센터에 비치되어 있는 걸 보았는데 여기는 찾아도 없어, 가지고 있던 공기주입기로 바퀴에 공기를 빵빵하게 주입하고 산길 따라 등산하는 마음으로 숲의 향기를 마시면서 산길에서 내려왔습니다. 그대로 강둑길을 지나가다 나주 몽탄대교를 건너 좌회전 후 농노길로 지나가다가 영산강대교를 지났습니다. 끝없이 펼쳐지는 강둑길의 왼쪽에는 넓은 평야 지대, 오른쪽에는 강물이 끝없이 펼쳐지는 망망대해 같은 자전거길이었습니다. 허허벌판에서 불어닥치는 매서운 바람을 정면으로 부딪쳐 자연에 반항하며 달리다 바람이 빠지면 바람을 넣고 또 바람을 넣고, 수없이 반복하였더니 온 신체가 그만 움직이라고 하지만, 정신은 안 된다고 서로 싸우기 시작했습니다. 몸은 지쳐 그만 쉬고 싶지만 머리는 달리자 하니 다리는 페달을 밟고 있었습니다. 이때부터는 모든 걱정이 내 마음속으로 밀려들어 와 '이제는 큰일이다' 하는 생각이 들었습니다. 남은 거리가 상당하고 근처에 자전거 수리점을 찾는 건 불가능한 일이라 허허벌판을 빨리 탈출하기 위해 공기주입기로 바람을 계속 넣으면서 무서울 정도로 뒷심을 발휘하여 속도를 15km에서 17km까지 올리면서 온 전신에 힘까지 다 쏟아 달렸습니다. 펑크가 크게 나지 않아 정말로 다행이라는 생각이 들었습니다. 펑크가 크게 나지 않아 고맙습니다. 연신 비를 맞고 혼자 중얼거리는 것처럼 되풀이하면서 달리는데, 바람의 세기도 갈수록 세져 정신도 흐려져 가고 펑크까지 말썽이니 육체 피로, 정신 피로, 자전거 피로까지 수반되었습니다. 모든 게 정지 상태였지만 어디서 힘은 나는지 자전거는 계속 달려 겨우 도착했습니다.

영산강 하굿둑 인증센터 (57) (전남 목포시 산정동)
오후 5시 20분

자전거 터미널 편의점에 가서 근처 수리점 안내를 부탁했더니 사장님께서 잘 모른다고 하시면서 네이버에 접속해 수리점을 알려 주셨습니다. 약 5km 정도 달려가 바퀴와 튜브를 새것으로 교체하면서 수리점 사장님과 서로 공감하는 대화를 가지는데, 수리점 사장님은 시간이 나는 대로 자전거를 타시지 저처럼 매일 타는 것은 힘들어서 못 하겠다고 하셨습니다. 한번에 그랜드 슬램에 도전하시는 분은 못 본 것 같고, 중고 생활 자전거로 도전하기는 쉽지 않은 결정이라면서 대단하신 열정이라고 칭찬해 주셨습니다.

자전거가 앞으로 나아가는 데 더 이상의 고장이 발생하지 않도록 모든 점검을 마치고 제주도로 가기 위한 목포 여객선 터미널로 가기 위해 야간 등과 티맵 내비게이션 켜고 시내로 향했습니다. 일반 도로 주행이라 자동차도 거슬리고 몸도 정상이 아니어서 더 이상 가고 싶지 않았지만, 힘껏 페달을 밟아 목포 여객선 터미널에 도착하여 매표소 안을 들여다보니 조용한 것이 영업 종료를 띄운 것 같았습니다. 울릉도는 밤에 출발하여 아침에 도착해서 섬에 가는 배는 다 그럴 것으로 내 마음대로 생각했으니 허망할 뿐입니다.

제주도 배편 예약을 안 한 상태라 내일 떠날 수 있을지 없을지 몰라 매우 불안해하면서 여객선 터미널 근처에 숙소를 정하고 한식으로 식사하고 있는데, 오늘이 목포에 축제날인지 불꽃 축제를 해 여기저기 하늘에서 화려한 불꽃들이 번쩍번쩍 터졌습니다. 한참 동안 식당 창가로 보여 목포에 왔다고 축하해 주어 기분 좋은 목포의 밤이 됐습니다.

여관 와서 제주도 배편을 물었더니 아침 8시부터 있다고 합니다.

욕조에 뜨거운 물을 받아 하루의 고단하고 지친 육체의 피로를 풀어 주니 한결 몸이 가벼워졌습니다.

오전 6시 40분에 숙소에서 나와 목포 여객 터미널 매표소로 향했습니다. 오전 8시부터 예매가 시작되고, 그 표를 이용해 승선한다고 안내된 것을 확인하고 표가 있을지 없을지 걱정하며 밖으로 나왔습니다. 기념으로 남기기 위해 자전거와 함께 터미널 건물을 배경 삼아 사진을 찍고 나서 대기실에 와서 매표하기를 기다리며 TV를 보고 있는데, 한 분 두 분 줄을 서길래 3번째로 줄을 서서 기다렸습니다. 발권이 시작되었고, 드디어 제주도 승선권을 구매했습니다. 성수기가 아니어서 자리가 당연히 있었고, 자전거를 싣는 것은 3천 원, 일반이코노미석은 39.050원이었습니다. 자전거를 배에 먼저 싣고 다시 배 밖으로 나와 대기실로 돌아와 검표를 받고 오전 8시 45분, 퀸메리호에 탑승했습니다. 제주도는 이번으로써 두 번째 여행입니다. 첫 번째 여행은 남동생이 제주도에서 근무할 때 부모님, 형제자매, 조카들과 6박 7일로 여행했고, 이번에는 자전거로 가는 두 번째 여행입니다. 첫 번째 여행 때는 6일 동안 운전만 해서 아주 힘들었던 여행이었는데, 두 번째 역시 자전거로 더 힘들게 여행하게 될 것 같습니다. 첫 번째는 비행기로 갔고, 두 번째는 배로 가니 하늘과 바다를 이용해 가 봅니다.

우유와 빵으로 아침 식사를 대신하고, 배 안을 돌아다니며 여기저기 구경 다니다가 안마기가 보여 그동안 지친 육체의 피로를 풀기 위해 한참 동안 안마기에서 휴식을 취했습니다. 피로가 풀려 몸이 개운해져서 기분이 한결 좋아졌습니다. 선실에 가서 잠을 자다 갑판에 나가서 바다와 하늘을 보고, 바닷바람도 맞으면서 시간을 보내고 있었더니 곧 도착한다는 안내 방송이 흘러나왔습니다. 자전거를 주차해 둔 1층으로 내려가 자전거를 끌어내려 세우고 갑문이 열리기를 기다리는데, 같이 배를 탔던 젊은 연인과 부자지간 남자분들과 모여 서로 인사하고 대기를 한참 동안 했습니다.

오후 2시에 갑문이 열려 제주도 땅을 밟으니 무척 흥분도 되고 설레기도 하지만, 초여름 날씨처럼 무척 더워서 불쾌지수가 높아지는 건 어쩔 수 없었습니다. 모든 준비를 다 마치고 기존 자동차 도로를 따라 우측 가장자리의 자전거 도로로 향했습니다. 그다지 잘 정비된 자전거 도로라고 할 수는 없고, 보행자와 자전거가 같이 사용하는 도로로 구성되어 있어 위험하고 복잡한 길이었습니다. 그 길을 따라 해안 도로를 타고 가는데, 제주도는 바람이 강하게 불어 파도 소리가 육지 해안가 파도 소리보다 더 강하게 들렸습니다. 좌측으로 원을 그리며 돌아 다리를 두 번 건너 용두암을 찾아가려고 하는데, 카카오 내비게이션이 못 찾아 한참을 오르락내리락을 하다가 겨우겨우 찾아 도착했습니다.

용두암 인증센터 (58) (제주도 제주시 용담2동)
오후 2시 34분

용이 되고 싶었던 이무기가 승천에 실패해서 바위가 되었다는 전설이 있습니다. 바위가 파도에 씻겨 빚어진 모양이 용의 머리를 닮아 용두암이라고 불리네요,

시작부터 힘들어 험난한 제주도 여행이 시작되는 것은 아닌지 걱정하고 있는데, 동행인들이 많이 모여들며 이구동성으로 인증센터 찾기가 힘들다고 투덜거리며 도착하고 있었습니다. 서로 인사를 나누고 내 자랑을 좀 했더니 모두가 칭찬해 주어서 고맙다고 인사하고, 각자 다음 목적지로 이동했습니다. 날씨가 초여름이라 전신이 땀으로 적셔지면서 불쾌지수가 높아졌습니다. 10월이 넘어가는데 초여름이라니. 정말로 따뜻한 남쪽 나라 제주도입니다. 관광지답게 여기저기 관광객이 많이 지나다녀서 자전거 운행에 신경을 쓰면서 조심조심 가다 빨래방이 있어 모아 놓은 빨래를 하고, 여기저기 지인들과 저의 소식을 알리는 문자를 주고받으며 시간을 보냈습니다.

빨래하는 과정에 이천 원 잔돈이 남았는데, 다음에 쓸 일이 없을 것 같아 빨래방 주인에게 전화해서 여행자인데 잔돈이 남았다고 했더니, 잔돈을 드리겠다고 해 주인이 와서 잔돈을 받았습니다. 그동안 빨래가 다 되어 가방에 예쁘게 정리해 담고 출발했습니다. 여기저기 예쁜 카페들도 있고 바다 풍경도 예뻐서 자전거 타기가 즐거웠습니다. 홍얼홍얼대며 사수항에서 도두동 무지개 해안 도로 따라 달렸는데, 우측으로는 산이 보이고 좌측으로

는 상가 도두동 마을이 있었습니다. 그곳을 지나고 오래 물 광장에 동 포구를 지나 이호테우 해수욕장 백사장, 애월 돌고래 전망대, 고내리 포구를 지났습니다. 날씨가 더워서 땀이 많이 나서 힘들었지만 어렵지 않게 도착했습니다.

다락쉼터 인증센터(59)(제주도 제주시 애월읍 고내리)
오후 5시 24분

공원에는 해녀 동상, 최영 장군 동상, 김통정 장군의 동상이 있었습니다.

어느덧 해가 지고 있어 금방 추워지기 시작했습니다. 숙소를 찾기 위해 해거름 마을공원으로 가는 길에 제주 토비스 콘도가 있어 그곳으로 숙소를 정하고 제주 흑돼지식당에서 삼겹살을 주문했습니다. 1인분은 주문이 안 되어 2인분을 시키고 한라산 소주로 저녁 식사를 했는데 양이 많았습니다. 그래도 음식만은 남기고 싶지 않아 한 점도 남기지 않고 다 먹었더니 배가 산이 되었습니다. 씩씩거리며 콘도 휴게실에 있는 안마기에서 피로를 풀고, 샤워하고, 잠을 자고 있는데, 관광버스를 운행하는 중학교 친구 김남실이 새벽 2시에 전화를 해서 한참 동안 통화를 하고, 제주도에 사는 중학교 친구 이경애의 전화번호를 알려 주면서 만나보라고 당부하네요.

관광버스를 운행하다 보니 평상시에는 통화하기가 쉽지 않은데 운전 중이거나 쉬고 있을 때가 많아 오늘도 일이 끝나고 새벽에 전화를 주었습니다.

중학교 졸업은 못 했지만 그래도 1학년은 다녀서 중학교 친구로도 지내고 중학교를 다닐 때 의사소통이 아주 잘되었으며, 재미있고 친화적이며, 활동적인 아주 소중한 친구였는데, 사회생활을 시작하면서 서로 만나지 못해 가장 보고 싶고 궁금했던 친구와 전화 통화도 하고 얼굴 보고 한 지는 10년이 안 된 것 같습니다.

오전 8시 42분에 숙소에서 출발해 어제 친구 김남실이 알려 준 친구 이경애에게 제주도에 있으니 얼굴 볼 수 있냐고 문자를 보내고, 서서히 언덕을 오르기 시작했습니다. 육지와 다른 제주도는 오르막이 있으면 한참 오르막을 걸어야 하고, 내리막은 잠깐 나왔다가 다시 오르막이 나왔습니다. 오르막이 길면 내리막도 길게 이어지는 게 육지 도로인데, 육지에서보다 자전거를 타는 게 두 배로 더 힘이 들고, 자동차와 보행자가 같이 사용하는 도로가 많아 어려움이 계속 이어졌습니다. 고내 포구 상가 해안 도로를 따라가다 애월 한담 공원을 지나 큰 도로로 합류했습니다. 금성교를 건너 바다가 가까운 해안 도로를 원을 그리며 만들어진 경치가 최고로 멋집니다.

　한림 방파제 대형 선착장을 지나 한참을 달려 협재 해수욕장 백사장에 도착했는데, 그 면적에 입이 벌어져 안 다물어졌습니다. 금능 해수욕장을 지나면서는 육지에서 보지 못한 풍경을 감상하면서 제주도의 아름다움에 취했습니다.

해거름 마을공원 인증센터(60)(제주도 제주시 한경면 판포리)
오전 9시 42분

바다 가운데에 10개의 해상 풍력 발전기 날개가 큰 원을 그리며 운동하고 있습니다. 전라남도 영산포가 고향이라는 세 분을 만나서 사진을 찍고 한참 이야기를 나누고 있는데, 자전거에 짐을 저보다 더 많이 실으신 분이 오셔서 대화를 했더니 삼천포에서 왔다고 하십니다.

인천에서 출발할 때 싣고 달리던 짐보다 더 많이 싣고 다니신 삼천포에서 오신 분은 자전거를 아주 오래전부터 타신 전문가이시며, 아주 비싼 자전거에 액세서리도 고급품으로 달려 있어 자전거에 돈으로 장식을 한 것 같았습니다.

저는 자전거 짐들이 힘들게 해서 3번이나 택배로 돌려보냈다고 하니 다들 웃었습니다.

초보자와 전문가는 무엇인가 다르다는 것을 느끼는 시간이 되었습니다. 세 분은 저와 반대 방향으로 떠나시고, 그다음으로 제가 먼저 송학산으로 출발하여 열심히 가는데 삼천포에서 오신 분이 추월해 가시는 모습이 보였습니다. 자전거를 오래 타서서 그런지 힘이 좋아 많은 짐을 실은 자전거가 페달을 밟는 대로 쭉쭉 나갔습니다. 감탄하면서 따라가려다 힘들어 쓰러질 것 같아 포기하고 기본에 충실해지기로 했습니다. 카카오 내비게이션이 시키는 대로 속도를 낮추면서 천천히 가고 있는데, 앞서가던 삼천포 분이 멈추어 서 있는 게 보였습니다. 왜 서 있는지 자세히 알 수가 없어서 그냥 우회전하여 해안 도로를 따라 한적한 동네 바닷가를 돌아 나와 내륙 도로를 따라가니 올레길을 여행하시는 관광객 수십 명이 도로에 몰려오고 있었습니다. 한쪽으로 붙어 운행하려 하니 불편도 하지만 긴장까지 해야 하니 배로 신경을 쓰면서 도착했습니다.

송악산 인증센터(61)(제주도 서귀포시 대정읍 상모리)
오전 11시 37분

인증 사진을 찍고 있는데, 삼천포에서 오신 분이 오셨습니다. 왜 이제야 오시지? 나보다 한참 먼저 갔는데. 궁금해서 물어보니 길을 잘못 들어서 고생을 많이 했다는 말씀을 하셨습니다. '전문고수도 실수를 하는구나. 전문가나 비전문가의 실수는 인간이니까 가능한 일이지 않을까.' 하고 생각하며 복태네갈치탕 식당에서 전복 해물 뚝배기를 배부르게 먹고 정자에서 휴식하면서 여객선 선착장을 바라보았습니다. 관광객들이 여기서 추자도 가는 배를 타고 있었습니다. 추자도도 꼭 가 보고 싶은 곳인데 한번 갔다 올까, 하다 다음 기회로 미루고 해안 도로로 따라 사계 방파제에서 마을 길로 진입했습니다. 큰 도로에 합류하여 한참을 가다 언덕길을 따라 달리는데, 우측에는 그랜드 조선 제주 호텔, 좌측에는 여미지식물원이 있었습니다. 그곳을 지나 한라산 전망대를 거쳐 별 내린 전망대를 뒤로하고 중문 관광단지 지나는 길로 향했습니다. 그 길은 경사가 심해 힘도 들고 긴장도 배가 되어 자동으로 입이 개방되어 가쁜 숨을 수도 없이 내쉬었습니다. 대포 포구를 떠나 대단지 비닐하우스 농경지가 쭉 이어지고, 해안 도로를 지나 일반 도로를 달리고 끌고 걷고를 반복하여, 법환 최영 장군 전승비를 보고 야외 공연장 옆에 도착했습니다.

법환바당 인증센터(62)(제주도 서귀포시 법환동)
오후 2시 51분

　제주도의 인증센터 명칭은 처음 보는 단어들이 많아 생소했지만, 각 지역의 특색에 맞게 작명되었을 것으로 생각합니다.

　편의점에서 이온 음료를 사서 그늘막에 앉아 바다를 바라보며 휴식을 취해 봅니다. 지금 제주도가 10월에 이렇게 기온이 높은 것은 100년 만에 처음이라는 사실을 뉴스 보도를 통해 알았습니다. 낮에는 뜨거운 여름 날씨처럼 더워서 움직이기만 해도 온몸이 땀으로 범벅이 되어 불쾌지수가 오르지만, 추운 것보다 훨씬 좋은 조건이라고 생각하며 전열을 가다듬고 다시 출발했습니다. 작은 언덕을 오르려고 페달을 밟는 순간, 뚝 하면서 체인이 끊어지니 자전거는 무용지물이 되어 난감한 처지가 되어 버립니다. 일회용 비닐장갑을 끼고 체인을 거두어 비닐봉지에 담고 자전거 수리점을 찾아야 하는데, 날씨가 더운 데다 카카오 내비게이션을 계속 켜고 다녀서 그런지 온도가 급상승하니까 핸드폰의 모든 기능이 정지되더니 먹통이 되어 사용할 수 없어졌습니다. 화면을 꺼서 가방에 넣어 두고 길에서 청소하시는 분께 근처에 자전거 수리점이 있냐고 물었더니 근방에는 없고 서귀포시 쪽으로 가라 하시면서 저쪽으로 가면 된다고 하셨지만, 여기가 어디쯤인지 알 수 없어 매우 답답했습니다. 청소하시는 분께서 그런 저를 보시더니 지나가는 화물차를 세워서 사정해 보라고 본인 일처럼 말씀하시면서 지나가는 택시를 세워서 자전거 싣고 갈 수 있냐고 기사님께 여쭤봤습니다. 기사님이 안 된다고 하셔서 모든 걸 포기하고 자전거를 끌고 서귀포시를 찾아가는데 날씨는 무척 덥지 핸드폰은 먹통에 이정표도 없지, 그냥 사람이 보이는 데까지 하염없이 자전거를 끌고 갔습니다. 가다 이불 가게 앞에 세워져 있는 자전거가 보여 큰 기대와 희망을 갖고 근처에 자전거 수리점이 있는지 물어보니 날씨가 더워서 그런지 퉁명스럽게 짜증 섞인 어투로 모른다고 대답하셨습니다. 실망하고 다른 곳으로 이동하다 보니 기아자동차 정비소가 보여 찾아갔습니다. 차 수리를 하러 오신 손님께 사정을 이야기하니 가끔 자전거를 타시는 분이시기는 하나 요즘 자전거 수리점이 많이 없어져 본인도 잘 모르겠다고 하셨습니다. 다만, 서귀포 시청 주위에 있는 것 같다며 서귀포 시청 쪽으로 가라며 자세히 알려 주셔서 감사 인사를 건넸습니다.

인사하고 자전거를 끌고 가는데 언덕이 왜 이리 많은지. 내리막이 많으면 끌고 다니지 않고 타고 내려갈 수 있어 덜 힘들 텐데, 짧은 내리막길도 타고 갈 수가 없는 이유가 자동차로 치자면 엔진이 고장 난 거나 마찬가지였기 때문입니다. 자전거는 체인이 끊어지니 고철 덩어리를 끌고 다니는 것처럼 짐 덩어리에 불과했습니다. 고생고생해서 서귀포 시청 근처에 와서 행인들을 붙잡고 수리점을 물어보는데, 아는 사람들이 없어 난감했습니다. 그래도 포기하지 않고 계속해서 찾다 보니 아시는 분이 있어 가르쳐 주신 대로 찾아갔지만 없었습니다. 다시 또 물어물어 아시는 분들이 알려 주시는 대로 가면 없고, 언덕을 오르락내리락 몇 번 하고 나니 점점 체력도 떨어지고 희망마저 절망으로 가는 것 같았습니다. 힘도 들고 저의 성격을 시험대에 올려 검사를 하는 것 같았지만, 포기하지 않고 올레 시장 안쪽으로 들어갔습니다. 남자 두 분이 가게 밖 탁자에 앉아 말씀 중이신 걸 중지시키고 물었더니 조금만 더 내려가다가 오른쪽으로 내려가면 있다며 걱정하지 말라고 위로까지 받았습니다. 쭉 가다가 오른쪽으로 내려가니 정말로 삼천리 자전거점이 보이는데, 꿈 같은 일이 일어난 것처럼 기쁘고, 껑충껑충 뛰면서 춤을 추고 싶었습니다.

이럴 때를 대비해 자전거 수리 기술도 배우고 왔으면 이런 고생을 하지 않아도 되는 건데, 자전거 타는 것만 한 달 정도 훈련만 했지 고장이 그리 쉽게 날까, 생각하고는 기술을 습득하지 않고 여행을 시작한 저의 무지이니 고생해도 싸다고 생각합니다. 물티슈 제조 업체에 초보자로 입사하여 4년 6개월 동안 근무하면서 나름대로 기계 수리를 해 본 경험이 있어 체인으로 가동되는 기계를 보면 체인 끊어지는 것을 못 보아 자전거 체인도 끊어지지 않을 거라는 쓸데없는 확신 때문에 이런 일이 발생한 것 같습니다. 자책하며 반성합니다.

낮에 이런 일이 생겨 천만다행이지 저녁때나 허허벌판인 하천이나 인적이 드문 산속이었다면 더 큰 절망을 가슴에 담을 뻔했으니 얼마나 감사한 일인가. 약 2시간 동안 10km 되는 거리를 자전거를 끌고 걸었습니다.

체인을 연결하고 이것저것 점검받으면서 사장님과 대화하는데, 생활 자전거로 국토 종주 하시는 것은 자전거를 잘 모르시니까 하시는 것이지 자전거를 잘 아시면 절대 못 하신다고 말씀하셨습니다. 한마디로 막무가내이니까 하는 거라고 말씀하시는 것처럼 들렸지만, 하나도 틀린 말씀은 아니었습니다. 오히려 아주 정확히 보신 겁니다. 꺾이지 않는 정신력과 튼튼한 체력만 있으면 가능하다고 확신했지, 자전거가 문제가 될 수 없다고 생각한 소신입니다.

지금도 그 소신은 변함이 없으며, 앞으로도 계속 이 자전거와 함께할 것입니다.

가방 속에 넣어 둔 핸드폰을 꺼내서 작동시키니 정상적으로 작동되어 안심하고 카카오 내비게이션을 켜고 쇠소깍으로 출발하여 달리다 보니 너무나 가깝다는 것을 깨달았습니다. 차라리 쇠소깍으로 직통으로 왔으면 고생도, 덜하고 수리점도 빨리 찾을 수 있지 않았을까? 하는 생각이 들었습니다.

쇠소깍 인증센터(63) (제주도 서귀포시 하효동)
오후 5시 24분

하늘에 구름들이 하얀색과 검은색 물감을 풀어 놓은 작품처럼 떠돌아다니고, 주변에는 관광객들이 여기저기 모여 인산인해를 이루어 매우 복잡하고 금방 어두워질 것 같아 서둘러서 표선 해변으로 출발했습니다. 하천물이 바다와 만나는 하천길을 따라 쇠소깍 다리를 건너 올레길과 함께하는 길로 비닐하우스 농경지가 이어지고, 유림휴게소에서 우회전해 일반 도로로 합류했습니다. 숙소를 찾아도 잘 보이지 않아 걱정하다가 귤을 판매하는 가판대가 보여 인천집으로 귤이나 한 상자 보내 주고 싶은 마음이 들었습니다. 가게 안으로 들어가 이것저것 맛도 보고 1상자에 10kg 하는 귤을 5만 원에 구매하기 위해 카드를 드리니 현금을 요구해 농협으로 입금하고 인천집 주소를 적어 드렸습니다. 근방에 숙소가 있냐고 물었더니 아랫길로 쭉 내려가면 호텔도 있고 식당도 있다고 알려 주서서 생각지도 않게 숙소 문제가 쉽게 풀리게 되었습니다. 귤을 구매하지 않았다면 이 어두운 밤길을 얼마나 더 이동해야 할지 전혀 모르는 일입니다.

택배를 보내 달라고 부탁드리고 나와서 가르쳐 주신 길로 내려가니 코업시티호텔이 보였습니다. 726호를 배정받아 자전거와 같이 입실하고 근방에 위치한 식당에 갔더니 마땅한 음식이 없었습니다. 결국 김밥만 1줄 사고 편의점에 들러 컵라면 2개를 사서 객실에서 먹었습니다. 욕조가 없어 샤워만 했더니 몸이 개운치 않아 시무룩해하고 있는데, 중학교 친구인 이경애에게 전화가 와서 통화를 했습니다. 현재 제주도에서 살지 않고 서울에서 손녀 돌보느라 정신이 없다면서 통화를 끝냈습니다. 오늘은 고생을 많이 해서 온몸이 아프고 정신도 아프네요.

오전 7시 51분에 숙소를 나오는데, 뜨거운 물에 온수 찜질을 하지 못해 피로가 풀리지 않아 지치고, 몸이 무척 무겁고, 힘이 듭니다.

　어제 자전거 수리점을 찾느라고 모든 에너지를 다 써 버렸는데 보충을 안 해 주니 힘이 있을 리가 있나. 저녁으로 김밥에 라면을 먹고 아침도 컵라면을 먹어서 힘이 없을 수밖에 없는 것 같습니다. 기진맥진하여 이온 음료를 마시거나 간간이 에너지바로 보충하면서 열심히 페달을 밟으며 달렸습니다. 일반 도로 양쪽으로 감귤 농장이 계속 이어져 가고, 사거리에서 우회전하여 남원소방서, 남원청소년문화의집을 지나 구불구불 이어지는 해안 도로가 있는 남원 포구를 돌아 대흥교를 건넜습니다. 비닐하우스 양식장이 여기저기 많이 보이고, 제주해양수산 자원 연구원 표선항에서 좌회전하여 도로 공원에 위치한 대형 주차장을 건너 도착했습니다.

표선 해변 인증센터(64) (제주도 서귀포시 표선면 표선리)
오전 9시 23분

    표선 해수욕장 백사장 규모가 어마어마하게 커서 놀랐습니다. 올림픽 동산 마을 길을 따라 감귤 농장이 수없이 이어져 있었고, 주어동 포구 해안길에 위치한 어촌마을을 지나 온평항 동포구 신양항 신양 포구 광치기해변을 지나니 성산일출봉이 장엄하게 보입니다.

    제주도에 오시는 관광객들은 올레길을 많이 이용하시면서 삼삼오오 모여 걷거나, 혼자서 걸으시거나, 둘이 다정히 걷기도 하시면서 제주도의 청정 공기도 마십니다. 흙길로 다니시며 흙냄새도 맡으시고, 제주도의 아름다움에 취하시는 것 같아 부러웠습니다. 저도 관광객들처럼 올레길을 걸어가고 싶습니다.

    여기는 사방이 확 트여 걸어 다니는 관광객들이 많이 보이고, 성산포항 종합 여객 터미널에서 우도를 갈 수가 있었습니다.

성산일출봉 인증센터(65) (제주도 서귀포시 성산읍 오조리)
오전 11시 25분

    목포에서 같이 배를 타고 온 젊은 연인분을 다시금 만나 반가워 인사를 하고, 서로 사진을 찍어 주었습니다. 송난 포구에서 흑돼지덮밥을 점심으로 먹는데, 맛집이라 손님도 많고 식당 밖 경치가 좋아 후식으로 바다 공기를 마셨네요.

단백질 식사를 해서 다리에 힘이 들어가 바퀴가 잘 굴러가지만, 정면으로 바람이 세게 불어 많이 힘이 들고 지쳐 갔습니다. 그래도 자전거 동행인들이 셀 수 없이 많아 지나칠 때마다 인사를 많이 하게 되어 전부가 친구 같아 반갑고 좋습니다.

강한 바람과 함께 평지를 달려가는데 자전거 도로 가장자리에 여성분이 자전거를 뒤집어 세우고 있었습니다. 뒷바퀴가 펑크가 나서 수리 중인 듯했습니다. 저더러 공기주입기가 있냐고 해서 공기주입기를 찾아 주려고 하는데, 동행인 남녀가 다가와 서로 자전거 부속을 말하면서 도와주셔서 저는 가던 길로 다시 출발했습니다. 여자 혼자서 수리하시는 게, 전문가처럼 아주 많이 해 본 실력자인 듯했습니다.

여행을 다니려면 저 정도의 기술이 있어야 진짜 자전거 여행자다운 모습이라고 할 수 있는 것 같습니다.

앞으로 펑크 정도는 저도 직접 수리해서 자전거 여행자다운 모습으로 변하기로 다짐하고, 여성 동행인의 적극성에 입안에 침이 마르도록 칭찬하고 싶습니다.

갯벌이 우측으로 펼쳐져 보이고, 종달리 해변 두문포 항 엉불턱우도 전망대를 지나니 우측은 바다, 좌측은 밭들이 한참 이어집니다. 하도 해수욕장 백사장, 의로굴 동포구로 세화 해수욕장의 어촌마을을 구불구불 돌아 세화항구 평대해변 백사장을 거쳤습니다. 어촌마을이 길게 이어지고, 비닐하우스 양식장이 수를 헤아릴 수 없이 많이 있네요.

여기저기에 풍력발전기 4대가 운동을 하고 있어 이쪽 지역이 제주도에서도 최고 바람골이라는 사실이 증명되었습니다. 역풍을 맞으며 제주 해양 종묘 연구 센터 해안가를 돌았습니다. 거대한 풍력발전기 1대가 바로 옆에서 큰 소음을 내면서 운동하고 있고, 구좌 포구 월정리 해수욕장 풍력발전기 1대, 제주 밭담 테마공원 가까이 풍력발전기 1대, 앞산에 1대, 먼 산에 1대. 계속 이어지는 풍력발전기가 보였습니다. 허허벌판에다 바닷바람의 세기가 다른 곳 하고는 비교가 안 될 정도로 강한 바람이 불어 풍력발전기들이 부지런히 전기를 만들어 저장하고 있었습니다.

오른쪽이 아닌 왼쪽이 해안가 쪽으로 향하는 방향이 올바른 자전거길 방향이라는 답을 얻게 되었습니다. 낙동강 종주 때 잘못 가르쳐 주신 건지 내가 이해를 잘못하고 행동했는지는 잘 모르겠지만, 바람하면 제주도인데, 그것도 풍력발전기가 세워져 있는 곳에서 정면으로 바람을 맞으니 자전거가 달려가질 않아 무척 힘이 들었습니다. 그래도 모든 힘을 다해 풍력발전기 구역을 탈출했습니다. 기진맥진하여 지칠 대로 지쳤지만 쉬었다 가면 더 이상 움직이기 힘들어 체력 조절에 실패할 수 있을 것 같아 자전거를 끌고 한참을 걸어 허허벌판을 올랐습니다. 자신에게 집중하며 자신과의 사투로 이어 중간중간 바다와 해변의 암석이 만들어 내는 절묘한 경치를 감상하며 도착했습니다.

김녕성세기해변 인증센터 (66) (제주도 제주시 구좌읍 김녕리)
오후 2시 19분

편의점에서 이온 음료와 단백질 바를 먹고 마지막 도착지인 함덕 서우봉 해변으로 출발했습니다. 밭과 농노길을 따라 달리다 보면 좌측으로 삿갓 오름이 보이고, 김녕항 어촌마을 앞바다에 작은 암석에 파도가 강하게 철석이고, 해안 도로 함덕 서우봉 해변 야영장이 보이는 곳에 도착했습니다.

함덕서우봉해변 인증센터(67)(제주도 제주시 조천읍 함덕리) 오후 3시 14분

제주도 자전거길 종주가 모두 끝났습니다. 이제 목포 여객선 선착장으로 가야 하는데, 거기까지 남은 거리는 20km입니다. 배 시간은 오후 5시입니다. 시간이 빠듯합니다. 머리로는 가능한데 몸이 갈 수 있을지 걱정이 앞섭니다.

오늘 제주도를 못 떠나면 하루가 지체되어 다음 일정이 틀어질 것 같아 모든 일정을 끝내기로 결정해서 친척 형님을 만나는 것도 취소하기로 했습니다. 마지막 길의 언덕은 왜 이리 많은지. 일반 도로로 가면 좀 더 가까워서 그 길을 선택했는데 자동차와 같이 달리니 더 위험하고, 수많은 신호등 때문에 자전거길보다 오히려 더 조건이 좋지 않아 아주 힘들고 괴롭지만, 마음을 달래며 달려 봅니다. "만형아, 힘내라. 얼마 안 남았다." 중얼거리며 오로지 정신에 집중하며 달렸습니다. 육체는 지쳐서 포기 상태지만 정신 무장을 하니 몸도 자연스레 따라오는 듯합니다. 매일매일 힘이 들고 심한 스트레스를 받으니 내 몸과 정신이 아닌 것 같습니다. 여객 선착장이 가까워지니 힘이 나기 시작해 언덕을 올라 내리막을 지나는데, 도로 건너편에, 배에서 만났던 부자지간이 서 있는 게 보였습니다. 저분들도 목포에 가는구나 하고 4부두 터미널에 도착하니 목포는 7부두로 가야 한다고 해서 다시 4부두에서 열심히 페달을 밟아 7부두 터미널에 도착했습니다. 그런데 아무도 없었습니다. 무슨 상황인지 알 수가 없어 일단 밖으로 나오니 전화 통화를 하고 계시는 분이 있어 통화가 끝나자마자 목포 배를 타야 한다고 말씀드리니 오늘 목포에서 안개가 많이 끼어 배가 연착되어 늦게 도착하면서 정박할 자리가 없어서 아직 배가 항구에 떠 있다고 합니다. "그러니 4부두로 가서 줄 서서 대기하고 계십시오." 하시는 것입니다.

다시 4부두로 가려고 준비하는데, 조금 전에 보았던 부자지간이 도착하면서 목포에 가신다고 말씀해 주셨습니다. 저를 따라오라 하고 앞장서서 4부두에 도착하여 줄을 서서 대기하면서 부자지간과 대화를 하는데, 아버지는 55세였고 아들은 26세였습니다. 전라남도 광주에서 오셨다고 하여 저는 영암이 고향이라고 하니 고향 사람을 만나서 반갑다고 미소를 지어 줍니다. 10월 10일부터 지금까지 지나온 일들을 알려 주니 부자지간이 대단하다고 칭찬해 주어 저 자신이 위대해 보여 좋았습니다.

부자지간은 처음으로 제주도를 왔다며, 너무나 좋다고 합니다.

부자지간이 함께 자전거 타는 것은 남자로서 무척 부럽습니다.

밤이 되니 추워서 겉옷을 걸치는데, 부자지간은 반소매에 반바지를 입고 춥지도 않은지 멀쩡하네요.

5시 50분이 되었습니다. 자전거를 배에 먼저 싣고 나와서 셔틀버스를 타고 터미널로 가서 표를 끊고 다시 셔틀버스를 타고 배로 오는 우여곡절을 거쳤습니다. 그 끝에 배에 올랐고, 가방을 두기 위해 선실 507호 입실했더니, 양쪽으로 온돌방처럼 되어 합숙소 같은 구조를 하고 있었습니다. 저녁으로 우거지 국밥을 먹고 선실에서 잠을 자다 일어나 전화기를 보니 부재중 전화가 와 있었습니다. 확인했더니 친척 형님이었습니다.

전화해서 못 보고 나와서 죄송하다고 했더니 서운해하시네요.

관광지에 사시는 분들은 찾아오는 사람들이 많아 매우 난처할 때가 많다는 고충을 인터넷 보고 알고 있어 최대한 불편을 안 주려다가 기회를 놓쳐 그냥 나오고 말았는데, 다음에 기회가 생기면 뵙기로 하고 전화를 끊었지만, 제주도에 갈 기회가 오려나 모르겠습니다.

문기종 형님의 할아버지와 저의 할머니는 남매지간입니다. 장암 시골에서 함께 자라고 학교를 다닐 때 서로 왕래가 잦아 형제처럼 지내다 객지로 떠나면서 어쩌다 가끔 명절 때 얼굴만 보았지 심도 있는 대화를 못 했습니다. 그래서 이번에는 꼭 만나서 대화의 시간을 가져 보려고 했는데, 매우 아쉽습니다.

10월의 마지막 밤을 배 안에서 맞이하니 유행가 '잊혀진 계절'이 생각났습니다. 못 부르는 노래지만 흥얼흥얼하면서 갑판에 나가 칠흑 같은 밤바다와 거센 바람을 등지면서 하늘을 보니 도시에서는 보지 못한 밤하늘이 보였습니다. 수를 헤아릴 수 없이 반짝이는 별들로 가득해 한참을 쳐다보고, 휴게실에서 야구 중계도 보고, 간식도 사서 먹었습니다. 시간이 흘러 배가 도착한다는 안내 방송이 들려왔습니다. 1층 주차장으로 내려가 주차 칸에서 자전거를 내리고 있는데, 목포에서 배 탈 때 만나던 사람들을 모두 만났습니다.

모두가 2박 3일을 맞추어 여행하고 다시 만난 게 신기하네요.

그 누구도 같이 만나자고 약속도 하지 않았는데, 약속이나 한 것처럼 같이 떠나고 같이 모이다니. 보통 인연이 아닙니다.

자전거를 탈 때는 젊은 연인만 만날 수 있었고, 부자지간은 마지막에 만났을 뿐 그 외의 분들은 서로 엇갈리게 돌아다녔는데, 모일 때는 한자리에 모인 것입니다.

100년 만에 가을에도 무더운 여름 날씨가 나타난 제주도에서 바람도 많이 불고, 좋지 않은 조건에도 무사고로 건강하게 만나 모두가 큰 복을 받은 것 같습니다.

아쉬운 작별 인사를 건네고 각자의 길로 가기 시작했습니다. 11시 40분에 목포에 도착했습니다. 열심히 드라마를 촬영하고 돌아온 배우처럼 여관에서 하루를 마감합니다.

오전 9시에 숙소에서 나와 목욕을 하기 위해서 가까운 목욕탕을 찾았으나, 수요일은 휴무라 할 수가 없었습니다. 그래서 유달산 목포 해상 케이블카를 타기 위해 유달산에 올라가 자전거와 함께 주변 경치를 배경으로 사진 촬영을 하고, 주차장 위쪽에 자전거 커버를 덮어 주차했습니다. 매표소에서 표를 끊고 케이블카에 탑승해 바라보는 목포 시내와 바다가 어울려 아름다운 경치를 만들어 내고 있었습니다. 중간 도착지에 내려 전망대에 올라 주변 경치를 보는데, 눈으로만 보기 아까워 사진으로 남겼습니다. 케이블카 관람을 마치고 고향 영암으로 돌아가는 일반 도로를 따라 40km를 달리기 위해 목포 시내를 통과하는데, 이발소가 보였습니다. 이발이 하고 싶어져 들어가니 나이 드신 어르신께서 반갑게 맞이해 주셨습니다. 이발사님은 연세가 78세이시고, 관절이 안 좋으셔서 다리를 절뚝이면서 불편하게 행동하시니 제가 다 미안해졌습니다.

　건강이 허락하는 날까지는 이발소를 운영하실 거라고 하시는데, 나이가 들면 돈보다는 건강이 우선이고 최선인 것 같습니다.

　이발도 정성스럽게 해 주시고 면도도 깔끔하게 해 주셔서 내 모습이 예쁘게 단장되었습니다. 한참 젊어진 기분이 들어 오랜만에 환한 미소가 지어졌습니다. 가끔은 이런 여유도 있어야 여행에 큰 활력소가 되는 것 같습니다.

이발이 끝나고 시내를 벗어나 외곽으로 가다가 국밥집이 보여 순대국밥으로 점심을 해결하는데, 목포의 맛집이어서 그런지 식사 손님들이 줄 서서 기다리는 게 보였습니다. 혼자서 한 탁자를 차지하고 있는 게 죄송해서 빨리 먹고 나와 영산강 하굿둑을 지나가는데, 갑자기 엄청난 바람이 불어 자전거를 못 가게 붙잡았습니다. 한참 동안 바람과 씨름하며 강하게 페달을 밟아 전진했습니다. 자동차와 함께 쭉 일반 도로를 달리니 자전거 도로에 비해 배로 더 힘이 듭니다.

자동차와 신경전을 벌일 수밖에 없었습니다. 도로 가장자리에 모여 있는 작은 돌멩이 도로까지 점령한 가로수 가지들과 잡초를 잘 피해 다녀야 펑크나 사고가 나지 않기 때문에 많은 신경을 쓰면서 달리니 힘도 들고 지쳐 가기 시작했습니다. 지친 몸을 이끌고 3시 18분에 영암읍 하나로 마트에 들러 막걸리 3병과 음료수 1병을 구매했습니다. 영암 5일장 입구에서 사진을 찍고 산소로 가는 시골길을 따라 자전거를 타고서 고향을 찾았습니다. 천천히 고향의 풍경을 보고 지나니 어릴 적에 이 길로 다니면서 학교도 다니고 5일장을 구경 다녔던 기억들이 아련히 떠올라 가슴을 설레게 했습니다. 고향은 언제 보아도 정겹기만 합니다. 자동차를 끌고 올 때는 쌩하고 지나가 버리는 고향이었다면 자전거를 타고 찾은 고향은 나에게 반갑다고 다가오고 있었습니다. 고향 산소까지 자전거를 끌고 올라가 "아버지, 어머니! 아들이 이렇게 자전거를 여기까지 끌고 올라왔습니다!" 하고 큰 소리를 질렀습니다.

부모님, 조부모님, 증조부모님 성묘를 하고 부모님 묘소에 앉아서 혼자 대화를 하고 이런저런 생각을 했습니다. 자식으로서 효도다운 효도 한번 못한 불효자식. 살아 계실 때 효도할 기회를 놓쳐 어찌 자식이라 말씀드릴까요. 송구합니다.

남은 삶이라도 부모님이 실망하시지 않게 열심히 살려고 이렇게 자전거를 끌고 산소까지 왔으니 국토 종주를 무사히 마칠 수 있게 도와주십시오.

선산은 절망도 주고 행복도 준, 사연이 있는 곳입니다.

절망을 준 내용은 다음과 같습니다. 신용 불량자로 지내다 개인회생을 할 때 선산이 제 소유로 되어 있었는데, 법원에서 산소로 이루어진 산은 경매를 할 수 없다면서 1,200평을 공시지가로 계산해서 법원에 공탁금을 납부해 개인회생 하라고 하는 겁니다. 무일푼인 상태에서 여기저기 손을 벌리고 비굴하게 굴어 구백만 원을 만들었습니다. 그렇게 법원에 납부해서 겨우 개인회생을 하고 나서 선산이 내 소유로 된 걸 엄청나게 원망했었습니다.

부동산 가치가 별로 없는, 그냥 시골 뒷동산에 조상님 모시는 선산을 아버님 돌아가시고 장남인 제가 자동으로 상속받은 거라 어쩔 수 없었던 일이었습니다. 개인회생을 받고 채무가 변제되어야 빚으로부터 자유롭지만, 개인회생 못 받으면 평생 빚에 시달리는 신세가 되는 것이기에 무척 예민한 문제였습니다.

개인회생을 하고 앞으로 또 무슨 문제가 생기면 조상님께 누가 될 것 같아 순천 사시는 누님에게 선산을 이전했습니다.

행복의 선물은 다음과 같습니다. 누님한테서 연락이 왔는데,

신기하게 산소를 벗어난 위쪽 300평 정도가 광주 강진 간 고속 도로로 편입되어 보상금이 나온다는 우편물이 왔다고 하여 깜짝 놀랐었습니다. 살다 보니 이런 일이 생기기도 하나 봅니다. 아무 쓸모 없는 선산에 고속 도로라니. 하늘에서 돈이 떨어지는 소식에 누님과 같이 보상금을 받았습니다. 300평을 산소로 쓰시겠다는 친척이 계서서 매매까지 이루어지고, 보상도 받고 땅도 팔고 했더니 큰돈이 모여 개인회생을 하면서 빌렸던 돈과 변제 못 한 빚을 갚을 수 있었습니다. 조금은 여윳돈이 생기면서 한순간에 돈 문제가 해결되어 다행입니다. 산소 때문에 절망했는데, 순식간에 행복으로 바뀌어 삶이 좋아지고 보니 사람 팔자 시간 문제란 말이 괜히 존재하지 않는 듯합니다. 조상님이 빚에 허덕이는 저를 살려 내셨습니다.

리젠시모텔(전남 영암군 영암읍 역리)

선산을 내려와 마을 입구로 왔습니다. 감나무에 대봉이 탐스럽게 매달려 있어 따 먹으려고 가까이 가 보니, 새들이 한쪽을 쪼아 놓아서 먹기를 포기했습니다. 영암읍으로 와서 중학교 친구인 박광식의 사무실에서 친구를 보고, 다시 터미널 쪽 리젠시모텔에 들어와 하루 묵기로 했습니다. 샤워 중에 전화가 와 받아 보니 친구들이 여관 앞에서 기다리고 있으니 나오라고 했습니다. 대충 마무리하고 밖에 나왔더니 친구들인 박광식, 오춘봉, 양하섭, 전재용이 기다리고 있어 서로 인사하고 식당에서 삼겹살에 소주잔을 기울이며 즐거운 시간을 가졌습니다. 역시 고향에 오면 고향 친구들이 최고이고, 또한 고향을 지키고 있어 든든한 고마운 친구들입니다. 정년퇴직을 해 고향에서 살기 위해 내려온 친구 양하섭이 목공에 제품을 취미로 만들면서 지내려고 하우스를 짓고 있다는 소식을 전해 줬습니다. 친구 오효선의 화물차를 타고 구경 가기로 했습니다. 23평짜리 비닐온실을 짓고 있는데 아주 좋아 보였으며, 취미 생활이 부러워 저도 저의 작업장을 가져 보고 싶다는 꿈이 생겼습니다. 무엇이든 만들어 보고, 마음에 안 들면 다시 만들기도 하고, 이것저것 가져다 분해도 해 보고 조립도 해 보는 어린애 소꿉놀이 같은 일들이 하고 싶습니다.

구경을 마치고 숙소에 와서 내일 일정을 잡는데, 뉴스에서 이틀 후부터 강풍과 비가 많이 내릴 거라고 기상청의 예보가 계속되었습니다. 걱정이 앞서 정해 놓은 일정을 모두 수정하기로 했습니다. 내일 나주에 가서 막내 매제도 만나고, 11월 4일 영광에서 열리는 중학교 총동창회에도 가 보려고 했던 일들을 모두 취소하고 군산 금강 하굿둑으로 가기로 결정하고 하루를 마감합니다.

오전 8시가 되었습니다. 장거리를 달려야 하는 일정이라 화물차를 호출하고 기다리니 화물차가 도착하여 자전거를 화물차에 싣고 영암읍을 나오면서 기사님께 지금까지 지나온 일정을 말하니, 깜짝 놀라면서 체력이 얼마나 강하면 지금까지 쓰러지지 않고 다닐 수 있냐고 그러시면서 육백만 불의 사나이라고 호칭까지 붙여 주셨습니다.

가는 길에 고인돌 휴게소에 들러 추어탕을 먹고 도착했습니다.

금강 하굿둑 인증센터 (68) (전북 군산시 성산면 성덕리)
오전 10시 30분

이제부터 어떤 난관들이 나를 기다리고 있을지 기대 반, 걱정 반을 담은 마음으로 힘차게 전진하기 시작했습니다. 금강 습지 생태공원을 지나 서해안 고속 도로 대교를 통과했습니다. 농경지를 따라 달리니 나포 십자뜰 철새 관찰소로 가는 자전거 전용 도로가 나왔습니다. 평지 길로 힘들지 않게 달리고 있어 몸이 풀리고 있었습니다. 기분 좋게 공주산을 지나 달리다 보니 양쪽으로 대형 태양광 발전소거 보였습니다. 그 길의 끝으로 산길 언덕을 만나 등산을 한참 동안 하고, 내리막길을 신나게 달려 강둑길로 전환했습니다. 좌측에는 금강, 우측에는 웅포면 소재지 야영장, 그다음 운동장, 다시 야영장이 쭉 이어졌습니다. 그러다 다시 강둑길을 따라 달리니 농경지가 끝이 없을 것처럼 허허벌판이 이어져 있었습니다. 인내심이 바닥을 칠 것처럼 고독해집니다.

웅포대교를 통과하니 끝없이 이어지는 강둑길 농경지 끝에서 마을 뒷산 언덕을 만났습니다. 자전거를 끌고 등산하는데, 남녀 동행인이 내려오고 있어 못 올라가고 서 있다 서로 인사하고 한참 언덕을 다시 올랐습니다. 도중에 지쳐 잠깐 서 있다 다시 오르길 반복했습니다. 내리막길 끝에 축사를 지나 밭길을 따라 달리고, 또 축사를 지나 성당포구마을 성당포구 주차장을 거쳐 도착했습니다.

익산성당보 인증센터(69)(전북 익산시 성당면 장선리)
오후 12시 26분

왼쪽 제방도로에 수없이 많은 오색 찬란한 팔랑개비가 돌아가는 게 장관을 이룹니다.

인증을 하고 점심을 먹기 위해 다시 길을 나섰습니다. 앞길에는 강둑길만 보여 식당이 없을 것 같아 달려오면서 보았던 중국집으로 뒤돌아가 자장면으로 식사를 하고 있었습니다, 그러는 와중 부부로 보이는 자전거 동행인이 들어오셔서 식사를 주문하시고 저는 식사를 다 마치고 카드로 계산하고 나와 자전거를 타려고 하는데, 중국집 사장님이 5천 원짜리 자장면을 먹고 카드를 주고 갔다며 부부 동행인에게 들으라고 하소연하는 게 내 귀에 들려 매우 미안한 마음이 들었습니다. 현금으로 계산할걸. 중국집 사장님 덕분에 점심을 먹을 수 있어 감사했는데. 사장님을 슬프게 해서 죄송하다고 속으로 사과하며 얼른 자리를 피했습니다. 다음에 기회가 되어 또 식사하게 되면 현금을 드려야겠습니다.

다리를 건너려는데, 목공 기술자가 다리에 끊어진 나무들을 걷어 내고 새나무로 교체하고 있어 조심조심 건너기 시작했습니다. 이 지역은 다리 수리도 해 주어 자전거 도로를 잘 관리하는 것 같다는 생각에 오랜만에 칭찬을 했습니다. 강둑길을 따라 끝없이 달리고, 하천길을 따라 달리니 용안 생태 습지 공원 비닐하우스 농경지가 쭉 이어지고 있었습니다. 강 모퉁이에서 하천길이 쭉 이어지고, 젓갈이 유명한 강경 소재지를 지나 다목적운동장으로 다리를 건너 강경 산 소금 문화관 다리를 건넜습니다. 하천길을 따라 백제 리그 야구장 옆의 일반 도로로 합류했습니다. 배제교를 건너 부여군 규암면 소재지를 돌아 정림공원 진변리 마을을 거치고, 칠지 공원 백마강교 건너 산을 가로질러 백제보 문화관에 도착했습니다.

백제보 인증센터(70) (충남 부여군 부여읍 정동리)
오후 3시 36분

이곳에는 멋진 전망대 금강 문화관이 자리하고 있습니다.

여기 도착하기 전에 쉬고 있는 자전거 동행인 2명을 보고 '나는 쉬지 않고 달렸는데 어떻게 나보다 먼저 도착하여 쉬고 있는 걸까? 지름길이 있는 걸까?' 하는 생각이 들었습니다. 수수께끼 같은 일에 고개를 흔들며 하천길 따라 달리니 야생초 화원 비닐하우스 농경지가 쭉 이어져 있는 모습이 보입니다. 다목적 광장, 야생화 풍경 단,지 왕진 나루 지구공원, 왕진교를 지나 산길 따라 언덕을 숨을 몰아쉬면서 올라갔습니다. 그 길은 분강 쉼터와 연강리 마을 하천길로 이어져 놋점나루 하천길에서 일반 도로로 진입할 수 있게 되어 있었습니다. 길 건너에 깨끗하게 지어진 하얀성 여관이 눈에 들어왔습니다. 현수막에 '새롭게 새 단장' 이렇게 쓰여 있어서 유심히 여관 건물을 보고 가는데, 갑자기 뒤에서 '쉬이익' 하면서 뒷바퀴 펑크가 나며 주저앉아 버렸습니다. 어이없었지만 '아! 여기서 자고 천천히 가라고 그런가 보다.' 하는 생각이 들어 자전거를 끌고 여관에 가서 하루 묵을 방을 잡았습니다. 제주도에서 여성 동행인이 했던 방법대로 자전거를 뒤집어서 세우고, 펑크를 수리하기 위해 뒷바퀴를 빼서 분리하고, 튜브를 빼내고, 가지고 다니던 새 튜브 1개로 교체해서 다시 바퀴에 결합해 바람을 넣으니 수리가 완료됐습니다. 그러던 중에 여관 사장님이 오시더니 여기는 7시가 넘으면 식당 문을 닫으니 늦기 전에 식사부터 하고 오라고 하셨습니다. 서둘러 수리를 마치고, 자전거를 1

층 내실에 주차하고, 가방은 5층 객실에 두고, 강가에 있는 편의점 겸 식당에서 된장찌개에 소주 1병으로 식사를 하면서 내어주신 반찬이나 찌개를 남김없이 먹었더니 봉사하시는 아주머니께서 지금까지 식당 하면서 이렇게 맛있게 드신 분은 처음이라면서 칭찬하셔서 기분이 아주 좋았습니다.

아침에 먹을 컵라면과 아이스크림 4개를 사고 봉사하시는 분과 식당 사장님께 음료수를 대접하면서 맛있는 밥을 먹게 해 주셔서 고맙다고 했습니다.

뜻하지 않게 바퀴에 펑크가 난 순간에 여관하고 식당이 가까운 곳에 있어 고생도 안 하고 밥도 먹고 잠도 잘 수 있어서 저로서는 너무나 고마울 뿐이네요.

여관에 어르신 내외와 딸 내외가 같이 사신다고 해서 맛있게 드시라고 아이스크림 4개를 드리고, 방 값으로 현금을 결제했더니 이온 음료를 한 병 주시면서 자전거 타시면 힘드시니까 욕조 있는 방으로 드렸으니 뜨거운 물에 따뜻하게 몸 푹 담그시라고 하시는데 너무나 고마웠고, 아이스크림을 잘 사다 드렸다는 생각이 들었습니다. 강원도 정동진에서 욕조 있는 방을 달라고 했더니 1만 원 더 받으면서 물 많이 쓰지 말라고 눈치를 줬던 주인보다 공주 하얀성 여관 사장님에게서 사람의 향기가 듬뿍 납니다.

숙소에 들어와서 뜨거운 물에 전신욕을 하고 나니 이곳이 내 세상인 것처럼 몸이 날아갈 것처럼 가볍습니다.

그런데 왜 여기서 갑자기 펑크가 났는지 의문이 생깁니다.

살펴보니 도로에 송곳처럼 뾰족한 물체에 뚫려서 펑크가 난 것이었습니다. 이렇게 펑크 나기가 쉽지 않은 일인데, 수수께끼 같은 일이 두 번이나 생겨 오늘은 의문에 의문에 의문을 위한 날인가 봅니다, 펑크 난 튜브를 다음에 쓰려고 펑크를 때워 물속에 담가 새는지를 확인하고 마무리했습니다. 힘들고 피곤하지만, 오늘은 행복합니다.

오전 7시 20분, 저녁 식사를 했던 강가의 편의점 겸 식당에서 된장찌개로 아침 식사를 마쳤습니다. 오늘은 비가 온다고 해서 마음에 드는 비옷을 골라 구운 달걀, 에너지바, 초콜릿과 함께 사서 식당을 나왔습니다. 자전거길로 접어드니 급경사 언덕이 '최만형 안녕' 하고 반기고 있었습니다.

　어제 여기 오기 전에 바퀴에 펑크가 나서 밥 먹고 자고 오기를 정말 잘했구나, 하고 혼잣말이 입에서 저절로 나옵니다.

　시작부터 자전거를 끌고 올라갔더니 기운이 다 빠져 지쳐 오기 시작했습니다. 언덕을 오르고 내리막을 내려가 고향 다닐 때 건너가는 논산 천안 고속 도로 대교 밑으로 향했습니다. 웅진대교도 꼭 건너가는 다리 밑을 지나 곰나루 파크 골프장 옆에 자리한 공주보에 도착했습니다.

공주보 인증센터(71) (충남 공주시 우성면 평목리)
오전 8시 8분

　하천 자전거길을 따라 곰나루 교차로를 넘어 일반 도로로 합류했습니다. 문예회관 교차로에서 언덕길을 올라가면 공주 시내의 자전거 도로가 나옵니다. 공주 시내의 자전거 도로는 자동차 도로의 가장자리로 통행하며 달리도록 만들어져 있어 차도 많고 사람도 많습니다. 시내에 자전거를 잠시 세우고 거리 구경을 하는데, 도시는 바쁘게들 움직입니다.

허허벌판에 끝없는 하천길, 강둑길, 산길들로만 다니다 도시에 거리를 보니 정겹기까지 하네요.

휴식이 끝나고 연문광장을 지나 금강교를 건넌 후 시내를 벗어나 잔디 축구장, 인라인 롤러스케이트장, 공주대교 밑을 지나 반복적인 자전거 하천길 따라 달렸습니다. 신공주 대교 밑으로 지나 석장리 박물관을 돌아 불티교 밑으로 강변길 따라 금강교 밑을 지나 하천길 다리를 건넜습니다. 학나래교 밑에서 카카오 내비게이션을 실행시켰더니 세종보 인증센터를 찾지 못해 왔다 갔다 몇 번을 하고 나니 온 전신이 지쳤다고 그만 움직이자고 했지만, 정신은 그럼 안 된다고, 달리라고 했습니다. 정신을 붙들고 달려 학나래교를 우측으로 한 바퀴 돌아 대교를 건너 다시 좌측으로 한 바퀴 돌아 강변길을 따라 여울목 수변공원을 건너 도착했습니다.

세종보 인증센터(72)(세종시 연기면 한솔동)
오전 10시 20분

젊은 동행인을 만나서 내 자랑을 했더니 대단하시다고, 자기도 그렇게 하고 싶다고 하시면서 "꼭 종주 성공하세요."라고 응원을 건넵니다. 동행인이 먼저 떠나고, 금강 자전거길의 마지막 도착 지인 대청댐으로 출발했습니다. 강변길을 따라 한두리 대교, 금강 스포츠 공원, 물빛 찬 수변공원, 금남교 하천길을 따라 달리다 보니 우측에 원형 도로가 하천과 하천을 연결하는 규모가 매우 큰 것이 보입니다.

금남 제2호 공원 강변길에 대교를 건너 언덕을 만나 힘들게 등반하고 강둑길을 따라 하천길로 달려가는데, 다리 입구에 '출입 금지' 팻말이 붙어 있었습니다. 금년 수해로 다리가 유실되었는 지 길이 유실되었는지, 출입을 못 하게 막아 놓아 막막함이 말할 수 없이 밀려오고 입에서 거친 말이 나올 정도로 분노가 끓어오릅니다.

출입 금지 구역에 오기 전, 우회가 가능한 도로에 '자전거 도로 폐쇄. 우회하시오.'라고 적힌 현수막을 걸어 놓았으면 여기까지 오지 않아도 되는데. 다시 돌아가려니 더 막막해 그만 주저앉아 쉬고 싶습니다.

한참을 나가야 일반 도로가 나올 건데, 지금까지 달려온 것들이 모두 허사고 중간부터 다시 시작해야 한다고 생각하니 미칠 것처럼 온몸이 경련을 일으키려 합니다.

반대 길로 돌아서 한참을 나오니 일반 도로가 보였습니다. 일반 도로로 합류하려고 하니 높은 언덕과 도로 난간을 넘어야 했습니다. 모든 짐을 내리고 자전거만 먼저 끌고 올라가서 자전거를 힘껏 들어 올려 난간을 넘어 일반 도로에 놓아두고, 짐들을 옮겨 싣고, 일반 도로로 달리기 시작했습니다. 일반 도로는 생명을 담보하고 달려야 해서 '오늘만 아무 일 없이 달리고, 내일 일은 내일 생각하며 달리자.' 저를 위로하며 가는데, 티맵 내비게이션에서 다리를 건너면 터널이 나온다고 안내하고 있었습니다. 터널에 대한 공포가 가득 밀려오기 시작했습니다. 어떻게 하지. 터널을 통과하는 것은 또 한번 목숨을 걸어야 해서 일단 다리 입구에 가서 방법을 찾아보기로 하고, 다리 입구에 다다르니 우측으로 조그만 오솔길처럼 길이 하나 보였씁니다. 그냥 아무 생각 없이 진입하고 보니 다리 아래 하천길로 연결이 되어 있어 계속 내려가니 자전거길로 합류되는 것입니다.

온 세상에 이런 일도 만들어지다니. 카카오 내비게이션으로 바꾸니 대청댐으로 가는 자전거길이 이어져 너무나 감사한 마음이 들었습니다. 정자에 앉아서 간식을 먹으며 편히 쉬고, 현도교를 건너고 신탄진동을 거쳐 대청댐까지 가는데, 그동안 힘들었던 것은 비교할 수 없이 더 힘들고 갈수록 체력이 떨어지니 정신마저 흐릿해졌습니다. 더 피곤해진 몸을 이끌고 자전거길이 반복되는 하천길을 따라 달리고, 강변길에서 일반 도로로 합류하길 반복하면서 산을 가로지르는 언덕길을 끌고 겨우겨우 올라 도착했습니다.

대청댐 인증센터(73) (대전시 대덕구 미호동)
오후 1시 47분

유인인증센터에 들러 수첩에 도장을 받고 '다음 목적지를 갈까,

울릉도에서 만난 목사님을 뵐까, 같이 사업할 때 함께 했던 대전 지사장님을 만나고 갈까' 하고 고민했습니다.

언제부터 비가 오고 강풍이 불어올 줄 몰라 모두 다 취소하고 다음 목적지인 합강 공원으로 가기 위해서 화물차를 호출했습니다. 대청댐 주변을 구경하며 화물차가 오기를 기다리다가 화물차 기사로부터 전화가 왔는데, 대청댐 입구 차단기 때문에 못 올라가니 자전거를 가지고 내려오라고 하셨습니다. 자전거를 끌고 가 입구에서 싣고 차에 오르니, 운행되는 화물차가 굉장히 조용히 달리고 있었습니다. 자세히 보니 요즘 화젯거리인 전기 화물차인 듯했씁니다. 처음 타 보니 생소한 기분 때문에 한참을 이것저것 보면서 기사님과 대화를 나눴습니다. 목적지인 합강 공원은 세종시에 있어 오늘은 자전거를 그만 타고 세종시에서 쉬기로 하고, 시내에 하차하여 숙소를 찾기 위해 휴대폰을 꺼내 들었습니다. 숙소를 찾으니 5km 전방에 위치하고 있어 제일 가까운 곳을 선정해 그곳으로 가다가 빨래방이 보여 빨래를 1시간 정도 하면서 휴식도 같이했습니다.

세종시는 시내 쪽에는 숙박 시설이 없고, 모두 외곽에 있어 30분을 달려 커플링 모텔로 속소를 정했습니다. 가까운 오성 숯불갈비 식당에서 우렁된장찌개에 소주도 한잔하면서 맛있게 먹고, 숙소에 와서 뜨거운 물을 받아 지치고 힘든 육체를 담그니 온몸이 나른해지면서 졸음이 몰려옵니다.

갈수록 체력이 한계에 도달해 조금만 달려도 금방 지칩니다. 오늘도 53km밖에 달리지 못하고 중단한 걸 보면 갈수록 더 체력이 떨어져서 더욱 힘든 것 같습니다.

내일인 11월 4일 토요일은 중학교 친구들이 영광에서 모이는 날입니다. 많은 비와 강한 바람이 분다고 해서 어쩔 수 없이 자전거 종주를 선택했지만, 후회는 안 합니다.

친구는 언제든지 만날 수 있지만, 자전거 종주는 지금 못 하면 영원히 못 할 수도 있을 것 같아 자전거 종주를 선택했습니다.

내일 모이는 친구들 얼굴을 꿈에서라도 보기 위해 취침합니다.

자전거로 달린 2,300km 국토 종주기

토요일 오전, 자전거길을 따라 합강공원으로 가는데, 어제 지나간 길로 카카오 내비게이션이 안내하길래 무엇인가 홀린 기분이 들었습니다. 아무래도 길을 잘못 든 것 같아 자전거 도로에서 짐을 다 내리고, 어제처럼 일반 도로를 넘었던 길로 자전거를 들어 옮기고, 다시 짐을 싣고 티맵 내비게이션을 켜고 일반 도로를 달리다 합강 공원 도착지라고 알려 준 곳에 도착했습니다. 그러나 아무것도 없어 다시 자전거길로 돌아와서 조금 전에 넘어왔던 도로에서 다시 짐을 다 내리고 넘어 자전거 도로에서 짐을 싣고 갔더니 어제 다녀간 길로 안내해 주는 것입니다. 도저히 이해가 가지 않아 한참 생각했지만, 다른 방법이 없어 그냥 카카오 내비게이션이 시키는 대로 가기로 했습니다. 합강공원에 도착해 보니 다리 앞에서 길이 끊겨 우회하면서 합강공원 인증센터를 못 보고 지나쳐 버렸기에 이런 불상사가 생겼습니다. 고생은 고생대로 하고, 시간만 낭비하고만 것에 땅을 치며 울고 싶습니다.

합강공원 인증센터(74)(세종시 연기면 세종동)
오전 9시

합강 공원은 삼거리였습니다. 금강 하굿둑으로 가는 길, 대청 댐으로 가는 길, 오천 자전거길로 가는 길. 어제 합강공원 인증센터를 발견했다면 오늘 여기를 올 이유가 없는데, 이런 실수는 어제의 사건 때문에 발생한 나의 불찰이었습니다. 길을 막아 놓고 안내 현수막도 걸어 놓지 않아 화도 나고, 왔던 길로 다시 돌아가야 해서 마음이 급해지니 주위를 둘러볼 여유를 가지지 못했었습니다. 길이 막혀 못 갈 때 잠시 정자에서 쉬기만 했어도 인증센터를 볼 수 있었는데, 좀 더 신중한 자세로 몇 번 더 생각하며 행동해야겠다고 다짐했습니다. 아침에 달려온 거리가 자전거 종주에 도움도 안 되고, 훈련만 하고 달려왔으니 허탈하고 기운이 다 빠져 자전거 타고 싶은 의욕이 다 사라져 버렸습니다.

모두 다 머릿속에서 지우고 한나래공원 강변길에서 하천길을 따라 공장 지대를 지나 철도 대교 하천길로 이어 달렸습니다. 강둑길에 비닐하우스 농경지가 길게 이어지고, 문암생태공원 다리를 건너 하천길을 달렸습니다. 자전거길이 평지가 많아서 수월하게 달려 마음이 한결 가벼워졌습니다.

무심천교 인증센터(75) (충북 청주시 청원구 정상동)
오전 11시 14분

비닐하우스 농경지가 쭉 이어지고 제방도로를 따라 달리다 보니 팔결교 삼거리에 흑염소탕을 하는 식당이 눈에 들어왔습니다. 몸보신 좀 해야겠다고 생각하며 주차하고 있는데, 나이 드신 자전거 동행인이 오시더니 식당 앞에 주차했습니다. 서로 인사하면서 저는 오늘로 26일째 하루도 안 쉬고 자전거를 타고 있다고 말씀드리니 깜짝 놀라면서 자기는 하루에 20km 이상 타면 입술이 터져서 죽을 고생을 하는데, 어떻게 하루도 안 쉬고 26일 동안 자전거를 탈 수 있냐고 하시면서 말도 안 되는 소리라고 큰 소리로 말씀하셨습니다. 고개를 절레절레 흔들며 식당으로 들어가 그분은 보양탕, 저는 염소탕으로 식사하는데, 도저히 못 믿겠다면서 저를 보면서 고개를 몇 번째 흔들고 계시네요.

식사를 마치고 서로 각자의 길로 향했습니다. 구팔교를 건너 제방도로를 달려 하천 다리를 건너는데 기수들과 함께 말 7마리가 하천 풀길을 지나 자전거길 따라 학소리승마외승클럽으로 들어가는 걸 봤습니다. 가까이서 큰 말들을 보니 무섭기까지 한데, 말 등에 오르는 것은 못 할 것 같습니다.

거대한 축산 단지가 수를 헤아릴 수 없이 제방도로 따라 여기저기에 끝없이 이어지고, 사슴 농장지나 제방도로를 따라 중평군에 진입하여 하천길로 달려가 도착했습니다.

백로공원 인증센터(76) (충북 증평군 증평읍 창동리)
오후 1시 42분

가전제품 판매장에 들러 화장실을 사용하고 증평 도시공원으로 향했습니다. 공원이 깔끔하게 가꾸어져서 보기가 좋고, 하천 길로 제방도로를 가다 사리면 일반 도로에 진입할 수 있습니다. 농노길을 따라 다리 건너 용정저수지 둑 밑으로 자전거를 끌고 가는데, 한 무리의 자전거 동행인들이 한꺼번에 저를 추월해 가는 것을 보고 동호회 회원들끼리 함께 자전거를 타는 걸 부러워했습니다. 저수지 둑을 돌아 급경사 언덕을 오르는데, 동호회 회원 중 뒤처지는 사람이 있어 그분은 저와 함께 자전거를 끌고 오르게 되었습니다. 대화를 나누면서 저는 26일째 자전거를 타고 있다고 소개하니 깜짝 놀라면서 어떻게 그게 가능하냐며 말도 안 되는 이야기라며 되게 의아하다는 어투로 말씀하셨습니다. 그 길로 저를 앞질러 가셨습니다. 조금 올라가면 언덕은 끝날 거라고 생각했지만, 그것은 저의 계산 착오였습니다. 올라가도, 언덕 코너를 돌고 돌아도, 이 언덕은 그동안에 올랐던 언덕하고는 비교가 불가할 정도였습니다. 저를 앞질렀던 분도 계속 처져 저하고 같이 오르다 다시 앞질러 가시고, 언덕을 오르는 차들도 힘들어 겨우겨우 오르는 무지막지한 언덕길이었습니다. 겨우 오르고 올라 정상에 도착하니 동호회 회원들이 먼저 도착해 숨 고르기를 하고 있었습니다. 건너편 언덕에도 반대편 언덕을 올라온 자전거 동행인들이 숨 고르기를 하고 있는 걸 보고 고개를 돌려 주변을 살폈습니다. 언덕 정상에 있는 이정표에 '모래재 해발 228m'라고 적혀 있습니다.

　동호회 회원들이 한결같이 "대단하십니다. 아자아자입니다." 하고 외쳐 주시니 힘들었던 언덕길 등반도 잊어버릴 정도로 기분 좋은 마음이 가득합니다.

　내리막길은 힘들게 올라온 보상이라 여기며 동호회 회원보다 먼저 출발하여 신나게 내려가는데, 큰 걱정이었던 비가 내리기 시작하여 더 이상 운행이 어려워졌습니다. 고가 밑에 내려 비옷을 입고 짐들은 자전거 커버로 감싸 안아 튼튼하게 결박하는 중에 동호회 회원들도 멈추어 같이 비 단속을 하셨습니다. 빗속을 뚫고 달리다 보니 강둑 위에 은행나무들이 떨구어 낸 잎들이 수북이 떨어져 있어 미끄러지지 않으려고 조심조심 달리면서 앞을 보니 괴산 시내가 보였습니다. 오늘은 비 때문에 더 이상 자전거를 타는 건 힘들 것 같아 대형 아파트 단지를 지나 시내로 들어갔습니다. 영빈여관을 숙소로 정하고, 짐을 풀고, 1층에 있는 목욕탕에서 하루의 지치고 힘들었던 피로를 풀었습니다. 너무나 행복해진 마음을 안고 목욕탕을 나와 숙소에서 옷을 갈아입고, 저녁 식사를 하기 위해 시내로 나왔습니다. 비는 그쳤는데 사람이 별로 없어 조용한 거리를 걷게 되었습니다. 신세대들이 좋아하는 이색 요리 핵밥 식당에 들어가 고기 듬뿍 덮밥 정식을 주문하고 기다리는데, 젊은이들이 많이 들어오고 나가고 분주하게 움직이는 것이 보였습니다. 저도 젊어지는 기분에 좋아하고 있는데, 마침 요리가 나왔습니다. 고기도 많이 들어 있고 국물도 맛이 있어 국물을 한 번 더 요청하여 맛있게 먹었습니다. 젊은이들이 이용하는 식당이라 처음에는 머뭇거리다 들어갔는데, 선택을 잘했습니다.

이 시대를 살아가려면 무엇이든지 해 보아야 터득이 되고 기록이 되는 것 같습니다.

편의점에서 단백질바 초콜릿과 내일 아침에 먹을 컵라면을 사서 여관으로 돌아와 간단한 빨래를 하고 운동화를 세탁하고 마무리합니다.

　　오전 7시 50분입니다. 숙소를 나올 때는 비가 안 오더니 조금 지나니 비가 내려 우비를 입고 짐을 싸서 나왔습니다. 비에 바람까지 동반돼 자전거 타기가 많이 어렵고 힘들지만, 안전을 최우선으로 여기며 조심조심 운행하기 시작했습니다. 괴산군 장애인 복지관 앞에서 우회전하고 성황교를 넘어 하천길 따라 쭈욱 가다 민물매운탕집에서 좌회전하고, 다리를 건너 괴강 삼거리에 도착했습니다.

괴강교 인증센터(77) (충북 괴산군 칠성면 두천리)
오전 8시 39분

　　만남의 광장과 휴게소 건물과 주차장이 큰 데다 삼거리에 인증센터가 자리하여 차도 많이 다녀 길이 복잡했기에 서둘러 출발했습니다. 비가 그쳐서 우비를 벗어 가방에 넣고 제방도로를 따라 대형 야영장 두천교를 건너 강 가운데 섬으로 하천길을 따라 칠성면 사평리 농로길을 따라 달렸습니다. 펜션 단지를 지나 주택이 몇 가구가 있는 걸 보고 하천 정면을 보니, 다리가 끊겨서 '통행금지' 테이프로 막혀 있었습니다. 더 이상 갈 수 없어 뒤돌아 가야 할 듯했습니다.

금년 수해로 다리가 절단된 건데, 무책임하게 막아 놓고 아무런 안내 표시도 없었습니다. 이게 대한민국에서 벌어져도 되는 일인가. 얼마나 화가 나는지, 미칠 것만 같습니다.

두 번을 겪으니, 이제는 원망이 가슴에 저려오고, 힘들게 왔던 길을 다시 돌아가려니 더욱더 화가 났지만 참고 돌아 나와 티맵 내비게이션을 켰습니다. 일반 도로로 진입하여 자동차와 같이 달리다가 언덕길을 만나 한참 끌고 올라갔습니다. 화물차 과적 단속 검문소에서 화를 풀기 위해 당을 올리는 초콜릿을 먹으며 마음을 달래니 화가 풀렸습니다. 다시 자전거를 끌고 언덕 위에 오르니 터널이 보여 터널을 통과해야 하는 걱정을 산처럼 등에 짊어지고 달려갑니다.

터널 안의 소음은 상상 이상으로 공포를 주고, 온몸이 주눅이 들 정도로 무서운 곳입니다. 자동차를 운전할 때는 창문이 닫혀 있어 잘 모를 수 있지만, 자전거는 온몸으로 터널 안의 소리를 듣고 달리기 때문에 공포를 더 많이 느낍니다.

무사히 터널을 통과하여 내리막길로 순간 이동 하듯이 내려오는 짜릿함을 온몸으로 느끼고 연풍리 시골 동네를 두루두루 지나 도착했습니다.

행촌 교차로 인증센터(78) (충북 괴산군 연풍면 행촌리)
오전 11시 37분

정자에 앉아 간식을 먹으면서 쉬고 있는데, 젊은 남자 동행인 2명이 자전거를 끌고 오면서 인사를 해 답례하고 서로 대화를 시작했습니다. 27일째 하루도 안 쉬고 자전거를 타고 있다고 하니 "대단하십니다." 하면서 본인들은 여기서부터 출발이라며 내가 지나왔던 길로 간다고 하기에 가다가 다리가 끊긴 게 나오면 오른쪽 둑 따라 계속 가면 된다고 알려 줬습니다. "고맙습니다." 하고 감사 인사를 건네받은 후 다시 출발했습니다. 행촌 교차로 주변을 둘러보니 어미 소와 송아지 모형물이 보여 어미 소와 송아지 사이에 서서 사진 한 장, 어미 소 등에 올라가 한 장을 찍고 휴식 시간을 좀 더 가졌습니다. 그랬더니 한결 가볍게 페달이 밟아져 속도를 내며 일반 도로를 달려 우측으로 원을 그리며 돌았더니 언덕이 나왔습니다. 천천히 자전거를 끌고 올라가는데, 우측으로 한 번, 좌측으로 한 번 돌고, 돌고 또 돌수록 높은 고갯길이 이어져 끝이 안 보이게 올라가야 했습니다. 꼬불꼬불한 길이 몇 번을 반복해 이어지고 있었습니다. 길 끝이 보이면 마음의 안정을 얻을 수 있을 텐데 길 끝이 안 보이니 어디까지 올라야 끝일까, 하는 궁금한 생각만 머릿속을 꽉 채웁니다. 혼수상태에 도달하기 직전까지 기진맥진한 몸을 이끌고 5km 언덕을 올라가는 데에 1시간 10분을 소요하고 도착했습니다.

이화령 휴게소 인증센터(79)(충북 괴산군 연풍면 주진리)
오후 1시 20분

일요일이라 휴게소에 관광객이 셀 수 없이 많이 모여 있었습니다. 기념 촬영을 하는 사람, 주변을 구경하는 사람, 휴게소 안에서 식사하는 사람들로 인산인해를 이루어 포구에 배가 들어온 것처럼 혼란스럽습니다.

'국토 종주 4대강 자전거 노선 새재 자전거길 2011년 11월 27일에 개통 대통령 이명박'이라고 적혀 있는 표지석 뒤에 서서 사진 한 장 찍었습니다.

이화령 고개 휴게소는 주말과 공휴일에만 영업하고 있으며, 이화령 언덕길은 자전거 동행인들로부터 악명 높기로 유명한 죽음의 언덕입니다.

이화령 휴게소 터널을 통과해 5km 정도 되는 꼬불꼬불한 내리막길을 남자 동행인과 앞서거니 뒤서거니 신나게 경주하면서 목숨을 걸고 달렸더니 10분 만에 내려왔습니다. 마을을 돌고 문경대교를 지나 문경 도자기 박물관에서 좌회전하고, 새재교를 건너 일반 도로를 따라 문경 온천을 지나게 됐습니다. '온천이나 하고 갈까, 아니야 그냥 가야지' 하며 혼자 중얼거리면서 서울대학교병원 인재원 마원교를 건너 제방도로 하천길로 달리다 일반 도로로 진입해 달리는데, 이화령 고개를 넘어온 게 힘들었는지 자꾸만 몸이 무거워 페달 밟는 게 갈수록 힘들어지기 시작했습니다. 이대로는 달려갈 수가 없겠다는 생각이 들었습니다. 체력이 한계점에 도달했고, 자포자기 직전에 모든 기력을 모으고 모아 겨우겨우 달려 도착했습니다.

문경 불정역 인증센터(80)(경북 문경시 불정동)
오후 2시 48분

　1993년 9월 1일부로 폐역 국가 등록 문화재 326호인 불정역은 옛날 역입니다. 아무리 옛날 역이라고 하지만 길 건너는 하천이고, 도로변에 상업용 건물이 4채, 가정집 1가구가 전부인 곳이 역이라고 해서 고개를 갸우뚱했습니다. 옛날 역이라 다들 떠나서 그럴까,

　다음 목적지인 수안보 온천을 가기 위해 이화령 고개를 지나쳐 여기까지 왔던 길을 그대로 돌아가야 한다고 생각하니 도저히 자신도 없지만, 잘못하다가는 여기를 못 벗어나고 무슨 일이 날까 봐 화물차로 이동하기로 하고 화물차를 호출했습니다. 가만히 생각해 보는데, 여기는 시골도 최고 깡촌인데 화물차가 온다고 하니 세상이 참 좋은 세상인지 아니면 내가 운이 좋아 배차를 받은 것인지는 모르겠습니다.

　불정역 주변을 둘러보면서 시간을 보내고 있으니 화물차가 도착했습니다. 자전거를 싣고 수안보 온천으로 가면서 화물차 기사님과 대화를 하는데 여기는 화물이 가끔 있어 배차받기가 어려운 곳이라고 하셨습니다. 문경에 사륜 오토바이 배달을 해 주고 운 좋게 여기로 왔다고, 기분이 좋다고 하셔서 제가 더 기분 좋아해야 할 일 같다고 했습니다.

배차를 못 받았다면 불정역에서 망부석이 되지 않았을까.

저를 돕기 위해 우연이 필연이 되어 자전거로 전국 종주를 하라고 시간과 여유를 주신 듯합니다. 생전에 만날 사람은 다 만나보라는 것처럼. 상상 이상을 상상해 봅니다.

수안보 온천 인증센터(81) (충북 충주시 수안보면 온천리)
오후 4시 53분

상록호텔에 숙소를 정하고 사무실에 자전거를 주차하고 객실에 가방을 두고 나왔습니다. 호텔 식당에서 돈가스로 저녁 식사를 마치고 온천 사우나에서 피로를 풀고 나서 창문 밖을 보니 강풍이 불고 비가 많이 내리고 있었습니다. 내일이 무척 걱정되어 잠을 이룰 수 없었습니다.

이른 아침부터 일어나 밖을 보니 비는 계속 내리고, 강풍 또한 세차게 불어닥쳐 오늘 일정을 어떻게 하나 고민하다 11시까지 기다리며 쉬기로 결정했습니다. 그러다 아내와 통화했던 생각이 문득 떠올라 핸드폰에서 계좌이체 이력을 조사했습니다. 제주도 감귤 농장 주인에게 이체했던 계좌에 '인천 최만형 귤'이라는 이름으로 1원을 반복적으로 입금했습니다.

　　　1원 입금 - 보내지 않으면

　　　1원 입금 - 사기죄로 고발

　　　1원 입금 - 할 것입니다

　　　1원 입금 - 명심하세요

제주도에서 귤을 구매하며 택배를 요청한 귤이 7일이 지났는데도 도착이 안 되었습니다. 그러나 달리 연락할 방법이 없어 농장 주인 계좌로 이체하면서 의사 전달을 했습니다.

3일이면 도착한다고 안심까지 시키신 농장 주인이 안 보내 주는 이유는 무엇일까?

계좌 이체를 하지 않고 현금 결제를 했었다면 아무런 증거가 없어 어디에 하소연도 못 할 지경에 처할 뻔했습니다. 귤을 살 때 명함을 가지고 오지 않았고, 10kg에 5만 원을 주고 산 가격도 바가지를 쓰고 산 가격이라고 아내가 알려 주었습니다.

귤을 안 보내고 먹튀를 하려고 작정한 듯했습니다. 이런 상도덕은 처음 접하는 거라 도무지 이해할 수가 없어 혼자 화를 내고 조금 있으니 아내에게 전화가 왔습니다. 오늘 귤을 보내 준다고 연락이 왔으니 진짜로 보내 주면 더 이상 문제 삼지 않을 생각입니다.

그날 밤 숙소를 안내해 준 고마움을 생각해서 용서해야 합니다.

10시 30분이 되어도 비는 세차게 내리지, 강풍도 강하게 불어 도저히 자전거를 탈 수 없다는 판단하에 이곳에서 하루 더 지내기로 했습니다. 호텔 프런트에 가서 연장을 신청하니 단체 관광객이 너무 많아 연장이 불가하며, 빨리 퇴실하라고 종용해서 이런 법이 어디 있냐고 항의했지만, 부질없는 일이었습니다. 예약도 안 하고 떼쓰는 건 문화인이 될 수 없다는 생각에 객실로 와서 가방을 들고 사무실에 있는 자전거를 끌고 나와 휴게실에 배치된 의자에 앉아 비가 그치기를 기다렸습니다. 그렇게 시간 보내면서 다른 곳에 숙소를 구할까, 비옷을 입고 출발할까, 고민하다 일단 비라도 그치기를 바라면서 기다렸더니 바람도 잦아들고 비도 조금씩 멎기 시작했습니다. 비옷을 입고 먼저 우체국에 가서 4번째로 짐을 인천으로 택배를 보내고, 큰 조형물이 설치되어 있는 광장에서 비를 피하다 더 이상 지체하면 시간만 낭비할 것 같아 11시 32분에 수안보 온천에서 나왔습니다. 비를 맞으며 달리니 헬멧 앞 아크릴 커버에 빗물이 모여 앞이 잘 안 보이고 비옷이 강하게 펄럭이니 달려가기가 쉽지 않았습니다. 애를 먹으며 열심히 달려 언덕 한 고개를 넘어가니 비도 오지 않고, 바람도 약해지고, 햇빛이 쨍쨍하여 더워서 땀까지 났습니다. 잠깐 다른 나라에 온 것 같은 착각이 일어날 정도로 환경이 바뀌어 버리니 당황스럽습니다.

지나는 길에 편의점이 보여 컵라면으로 점심을 해결하고 이온 음료와 간식을 사고 부지런히 달려가는데, 자전거를 붙잡을 정도로 경치가 아름다운 팔봉폭포(충북 충주시 살미면 토계리)가 보였습니다. 강가에 캠핑카와 천막들이 야영하는 모습이 보였고, 깎아내린 암석 위로 물이 떨어지는 폭포 절벽이 한 폭의 동양화처럼 펼쳐지고 있었습니다. 폭포 위로 연결된 구름다리와 단풍이 어우러지는 아름다움에 한참 동안 발길이 떨어지지 않았습니다. 백사장이 길게 쭉 이어져 물놀이 하기에는 최고일 듯합니다. 육지에 이런 곳이 있다니. 바닷가 해수욕장보다 더 좋은 곳을 그냥 지나쳐야 한다는 사실에 아쉬워하며 일반 도로 다리를 건너 유 주막 삼거리에서 좌회전하여 충주시에 진입했습니다. 하천길 제방도로를 따라 명성황후 도서관, 비닐하우스 단지, 충주시 수자원을 돌아 다리를 건너고, 충주 야구장, 축구장, 탄금대 공원, 탄금대 연못을 건너 도착했습니다.

충주 탄금대 인증센터(82)(충북 충주시 칠금동)
오후 1시 40분

동호회분들 7명이 모여서 사진을 찍고 수다를 떨고 계시는 걸 뒤로하고 마지막 종착지인 충주댐으로 출발했습니다. 충주는 비가 오지 않았는지 도로에 물기가 보이지 않고, 바람은 약하게 불어 자전거 타는 데는 어려움 없이 아주 좋은 날씨여서 행복했습니다.

수안보 온천에서 나올 때는 비와 강풍에 걱정하고 나왔지만, 여기는 비도 안 오고 날씨만 좋으니 수안보 온천에서 쫓겨나온 게 더 좋은 결과를 낳은 것 같다는 생각이 들었습니다. 하루도 쉬지 말고 달리라는 운명처럼 만들어진 각본이 아닌가 생각합니다.

강둑길을 따라 비닐하우스 단지 하천길로 진입했습니다. 주변 공원에는 게이트볼 치는 남녀가 구장마다 꽉 차 인산인해를 이루고, 자전거 동행인들은 가끔 한 명씩 지나갔습니다. 하천길을 따라 공장 지대를 돌아 하천길로 가다가 일반 도로로 진입했습니다. 가파른 언덕길을 걸어 올라갈 때는 힘이 들어 왜 이 고생을 사서 하지 하다가 내리막길로 빠르게 내려가는 쾌감에 기분을 풀고 도착했습니다.

충주댐 인증센터(83)(충북 충주시 종민동)
오후 2시 33분

부부 동행인이 먼저 도착해 있어 서로 인사하고 사진도 찍어 주다가 대화로 이어졌습니다. 28일째 하루도 안 쉬고 자전거를 타고 있고, 내일이면 전국 종주가 끝날 예정이라고 말씀드리니 무척 놀라시면서 어떻게 그런 힘이 나시냐고 대단하다며 박수까지 쳐 주십니다.

부부는 충주댐을 출발하여 부산까지 갈 예정이라고 하시면서 먼저 출발하셨습니다. 하늘을 보니 금방이라도 비가 올 것처럼 시커먼 구름이 엄청나게 몰려 온통 잿빛으로 물들고 있었습니다. 서둘러 충주댐에서 왔던 길로 다시 돌아가는데 간간이 비가 오지만 많이 내리지 않아 비를 맞으며 달려 행촌 교차로를 지났습니다. 게이트볼장을 지나면서부터 빗줄기가 굵어지면서 강한 바람이 불어 더 이상 달리는 건 무리라 생각하고 비를 피할 수 있는 정자까지 거세게 쏟아지는 비를 맞으며 온 힘을 다해 달렸습니다. 정자로 들어가 비옷을 꺼내 입고 짐을 싸느라 정신이 없는데, 엄청난 폭우와 강풍이 소용돌이쳐 자전거와 한몸이 되어 꼭 붙잡고 버텼습니다. 강 쪽을 바라보니 바닷가에서 보았던 파도보다 더 무섭게 파도가 치면서 강한 비바람과 강물이 강 천지를 감싸면서 휘몰아치고 있었습니다. 지금 당장이라도 멸망할 것처럼 자연이 화가 나니 무지무지 무섭다는 걸 62년 만에 눈으로 선명하게 목격한 것입니다. 자연 앞에서는 인간은 나약하다는 걸 체험했습니다.

충청북도 내륙도 이렇게 무섭게 비가 내리고 강한 바람이 불어와 공포를 주었는데 남해나 서해 쪽은 얼마나 바람이 강했을까? 생각하니 온몸에 경련이 일어납니다.

남해나 서해 쪽을 피해 충청북도 내륙으로 빨리 올라오길 정말 잘했다는 생각이 수천 번 들었습니다. 남해나 서해 쪽에 있었다면 자연 앞에 굴복하며 오도 가도 못하고 발만 동동 구르고 있었을 것입니다. 생각하니 아찔합니다.

비와 바람이 잦아들어 다시 달리기 시작하여 조금 전에 지나왔던 충주 탄금대를 지나 일반 도로에 진입하니 햇볕이 쨍쨍해졌습니다. 순식간에 더워져서 비옷을 벗고 달리다 보니 비도 멈추고 바람도 잔잔해지니, 하늘은 쾌청하여 자전거 타기가 정상적으로 이루어집니다.

중앙탑 공원은 충주 관광지여서 그런지 숙박 시설도 있고 주차장에 차들도 많아 여기에서 숙소를 정하려다 시간이 좀 이른 것 같아 좀 더 달리다 숙소를 정하기로 했습니다. 하천길을 따라 달리며 강둑길을 따라가는데, 서서히 어두워지기 시작했습니다. 인적도 없지, 주변에 건물도 안 보이지, 걱정을 산처럼 짊어지고 얼마나 달렸을까. 저 멀리 큰 건물들이 여러 개 보이는 게 분명 희망이 있을 것 같아 좀 더 가까이 가니 간판이 보이기 시작했습니다. 삼거리에서 좌회전하려고 보니 '앙성탄산온천지구'라는 이정표가 보이는데, 이제는 살았다는 생각에 페달을 열심히 밟아 이든포레 호텔로 숙소를 정했습니다. 자전거는 비품 창고에 주차하고 가방은 객실에 두고 호텔 아래 식당에서 삼겹살을 주문하니 1인분은 안 된다고 해서서 삼겹살 2인분에 소주 1병 공깃밥 1개

상추 두 바구니로 배를 채웠습니다. 배가 빵빵해져 행복감을 느끼며 농협 하나로마트에 가서 아이스크림, 생강 과자, 아침에 먹을 튀김 라면을 사서 오늘 하루도 마감했습니다.

오전 7시, 호텔 지하에 있는 온천에서 온천을 즐기며 휴식했습니다. 충주 앙성 온천은 상당히 인상 깊은 탄산 온천수였습니다. 오전 9시 5분, 숙소에서 나와 농노길 따라 마을을 돌아 언덕을 올라 일반 도로 가장자리 길을 따라가는데, 바람이 정면에서 불어와 달려가기가 힘이 들고 지쳤습니다.

바람이 뒤에서 불어 주면 콧노래를 부르면서 달릴 수 있고 한결 쉬워질 텐데, 야속하게도 정면에서 불어와 신경이 곤두섰습니다. 큰 소리로 "바람아, 뒤에서 좀 불어라!" 하고 외치면서 달려가다 조대리 마을에서 좌회전하여 쭉 직진해서 도착했습니다.

비내섬 인증센터(84)(충북 충주시 앙성면 조천리)
오전 9시 25분

강 한가운데에 엄청나게 큰 섬으로 다리가 있어 섬에 들어갈 수가 있었습니다.

일반 도로가 자전거길과 똑같다 보니 자동차와 같이 달려야 해서 매우 위험했습니다. 사고가 날까 봐 불안하고 허허벌판 강둑을 달리는데, 바람이 정면으로 너무 세게 불어와 자전거가 앞으로 나가질 않았습니다. 끌고 가는 게 더 빠를 것 같아 할 수 없이 자전거를 한참 끌고 하천길을 따라가다 가파른 급경사 언덕을 올라 우측으로 다리를 건너야 해서 자전거를 멈추고 간식을 먹으면서 주변 경치를 바라보니 고가 밑으로 야영장 하천부지가 크게 형성되어 있어 여름에는 이용객들이 많을 것 같습니다.

가파른 내리막길로 2명의 남녀 외국인이 내려오면서 "안녕." 하길래 나도 "안녕." 하고 인사했습니다. 그들은 한국말을 할 줄 몰라 소통이 안 되어 답답했지만, 부산으로 간다는 말은 알아들을 수 있었습니다.

자전거 국토 종주 길에 외국인들이 많이 보이는데, 전국 자전거길을 외국인에게 추천하고 싶지 않습니다.

내국인도 다니면서 수많은 난관에 부딪히는데 외국인들은 얼마나 힘들고 답답해할지 모릅니다.

저도 이번 종주 끝나면 2번은 절대 안 한다고 결심했습니다. 그 이유는 다음과 같습니다.

1. 지워진 노면 표시

2. 이정표 없는 도로

3. 우회 도로 현수막 안내 없이 도로 차단하기

4. 데크 길 나무 파손 난간 파손

5. 각종 농산물 방치, 많은 흙과 돌멩이

6. 자동차 농기계 주차

7. 계단으로 만들어진 언덕길

8. 자전거 2대가 양방향 교행하기 힘든 다리

9. 관리가 안 돼 있는 무인 인증센터

아라뱃길과 서울 자전거길은 포장이 잘되어 있어서 승차감이 좋은데 지방 자전거길은 승차감이 너무 안 좋습니다.

경사 각도가 심한 언덕을 오르고 나면 지쳐서 자전거가 타기 싫어지고, 도로와 다리 연결 높이가 일정하지 않아 자전거에 충격이 전해져 위험합니다. 국가가 나서서 자전거길을 관리하여 남녀노소 외국인 모두가 안심하고 즐겁게 달릴 수 있도록 만들어 주셔야 자전거 동행인들이 많아지지 않을까 생각합니다.

가파른 급경사 언덕을 올라 섬강교 다리를 건너니 언덕이 또 보여 힘이 빠졌습니다. 그래도 자전거를 끌어 쉬엄쉬엄 언덕을 오르면서 주변 경치도 감상했습니다. 내리막길에 접어들어 신나게 달려 여주 강천섬으로 진입하니 갈대밭으로 조성된 허허벌판 안에 행사하는 천막들이 많이 세워져 있었습니다. 힐링센터도 보이고 관광객들도 많이 보이는데, 부지가 엄청나게 넓게 조성되어 있고, 제방도로를 따라 굴암지구공원과 가야지구공원을 차례대로 지나 강천보로 올라갔습니다. 이곳은 아예 자전거를 타고 올라갈 수 없을 뿐만 아니라 끌고 오르기에도 경사 각도가 무척 심한 도로 구조가 만들어져 있었습니다. 입에서 거친 말이 나올 정도로 매우 힘들었지만, 지친 몸을 이끌고 강천보교를 건너 도착했습니다.

강천보 인증센터(85) (경기도 여주시 탄현동)
오후 12시 15분

유인 인증센터에 들러 편의점에서 달걀과 컵라면으로 점심을 먹고 한참 쉬다가 출발하기로 했습니다. 마지막 도착지인 양평군립미술관까지는 3개의 인증센터가 남아 있어 거리와 시간을 계산하니 5시나 6시 사이면 도착할 수 있을 것 같았습니다. 화물차를 호출하기로 하고, 춘천에서 고성까지 함께 했던 화물차 사장님과 양평군립미술관에서 만나기로 약속하고 출발했습니다. 종주가 드디어 29일 만에 모두 끝이 나니 더없이 기분이 좋았습니다. 열심히 달려가면 오늘 인천 집으로 갈 수 있을 것이라고 생각하니 저절로 신이 나면서 즐겁고 행복하지만, 한편으로는 아쉬움도 함께합니다.

즐거운 마음으로 달리는데 뒷바퀴가 이상해 살펴보니 또 펑크가 나 있었습니다. 정말 고약합니다.

마지막까지 이렇게 힘들게 해야 하는지 도무지 알 수가 없다고 구시렁거리면서 자전거에 짐을 다 내리고 뒤집어 바퀴가 하늘을 보게 됐습니다. 공주 하얀성 여관에서 펑크 난 튜브를 수리했던 걸로 교체하고, 바람을 넣어 수리를 끝내면서 생각해 보니 펑크도 한번 나니 자주 나는 게 신기하기까지 하고, 공주 하얀성 여관에서 튜브를 수리해 놓지 않았다면 또 절망하지 않았을까 하는 생각이 들었습니다.

제방도로를 따라 연양지구공원에 위치한 그냥그집 야영장의 엄청난 규모에 동공이 커지고, 황포돛배 선착장을 지나 일반 도로에 진입했다가 다시 제방도로에 진입했습니다. 여주시 외곽으로 환경 사업소를 지나면서 5시까지 도착하려면 시간이 넉넉지 않을 것 같다는 생각이 들어 빨리 달려서 도착했습니다.

여주보 인증센터(86) (경기도 여주시 능사면 왕대리)
오후 2시 31분

한강 4경 중 하나인, 전망대에서 한강을 조망할 수 있는 곳, 여주보입니다. 도로가 빨간색으로 포장되어 산뜻한 기분을 주고, 야외 공연장이 원형으로 자리하고, 그 위로 자전거 도로를 타고 지나가게 되어 공연을 볼 때는 자전거 도로가 최고의 자리가 되겠습니다.

공주 하얀성 여관에서 수리했던 튜브가 완전한 수리가 안 되었는지 조금씩 새서 공기주입기로 바람을 넣어 주고 달리기를 반복했습니다. 하천을 가로질러 제방도로를 타고 규모가 엄청난 이포보 오토 야영장, 이포보 웰빙 레저야영장, 전망대, 축구장, 야구장을 거쳐 자전거 의류 매장에 들러 바람을 빵빵하게 주입하니 달리기가 수월해졌습니다.

자전거로 달린 2,300km 국토 종주기

이포보 인증센터(87) (경기도 여주시 금사면 외평리)
오후 3시 46분

너무 힘들고 지쳐 정자에서 쉬면서 간식을 먹고 있는데 자전거 동호회 동행인들이 모여들어 인사하고 대화를 하기 시작했습니다. 오늘까지 29일째 자전거를 타고 있으며, 양평군립미술관까지 가면 국토 종주가 끝난다고 자랑하니 모두가 "우와, 대단하십니다. 축하합니다. 고생하셨습니다." 하고 화답해 주셨습니다. 많은 사람에게 축하를 받으니 그동안의 고생이 자랑스러워집니다. 바퀴에서 바람이 새는 걸 잊어버리고 쉬고만 있다가 다시 바람을 가득 넣고 하천길을 따라 달렸습니다. 하자포리 마을을 지나 개군레포츠공원과 종합 구기 종목 운동장을 지나니 바퀴에 바람이 또 빠져서 다시 넣었습니다. 가는 길에 높은 언덕이 있어 자전거를 끌고 오르면서도 마지막까지 힘들게 한다며 구시렁거렸습니다. 언덕에 올라 양덕리 마을을 지나 제방도로 갈산공원과 종합 구기 종목 운동장을 뒤로하고 달렸습니다. 양평에 가까워지니 운동하시는 시민들이 자전거 도로에 꽉 차서 지나가기가 힘들었습니다. 요리조리 피해 가면서 큰 소리로 "자전거 지나갑니다."라고 외치면서 달렸습니다. 양문 사거리를 건너 양평군립미술관에 도착했습니다. 카카오 내비게이션이 인증센터를 못 찾는데다 온 도로가 파헤쳐져 공사 중이라 어수선해 정신이 없는데, 이리저리 아무리 살펴보아도 인증센터가 보이지 않아 불안해지기 시작했습니다. 마지막에 도장을 못 찍고 끝나면 이것은 무엇인가. 더군다나 주위 도로가 공사 중이어서 다른 데로 부스를 치워 버린 것 같은 생각이 들었습니다. 누구에게 물어보려고 해도 주위에 사람이 없어 수자원 공사에 해당 사항에 대해 문의했습니다. 그랬더니 양평군에 문의하라고 해서 미술관에 문의했더니 주차장 언덕 쪽으로 올라가면 있다고 하셨습니다. 전화를 끊고 언덕에 올라서니 빨간 부스가 반갑게 맞이해 주고 있었습니다. 반가운 마음에 춤이라도 덩실덩실 추고 싶지만, 마지막까지 애간장을 태우고 끝이나 인증센터를 붙들고 눈물이 마를 때까지 울고 싶기도 했습니다.

양평군립미술관 인증센터(88) (경기도 양평군 양평읍 양근리)
오후 5시 32분

마지막으로 동영상 촬영과 인증 사진을 찍고, 수첩에 도장을 찍고 대로변으로 나왔습니다. 화물차 기다릴 장소를 찾기 위해 근처 이디야커피에서 화물차 사장님과 통화하고, 이디야커피 주소를 문자로 보내고 차를 마시며 여유롭게 쉬고 있었습니다. 7시 30분에 화물차가 도착해 자전거를 화물차에 올리는데, 뒷바퀴가 주저앉아 있는 걸 보고 '너도 힘들었으니 푹 쉬어라' 하고 위로해 주었습니다. 우거지 국밥으로 저녁을 먹고, 차에 올라 화물차 사장님과 국토 종주에 관한 대화를 끝도 없이 하면서 9시 30분이 되어서야 인천 집에 도착했습니다. 아무 사고 없이 건강하게 집으로 돌아와 기쁘고 행복합니다.

며칠 쉬고 새 튜브로 펑크를 수리하고 지오닉스 고용천 부장님께 가져가서 점검을 의뢰하니 문제가 생긴 게 많으니 맡겨 두고 가라 하셨습니다. 집에서 기다리는데, 수리가 다 됐다고 해 찾으러 갔더니 상태가 안 좋은 걸 어떻게 타고 다니셨냐면서 대단하다고 하십니다.

천운도 많이 달고 다녔고, 시련도 달고 다니며, 은혜 그리고 사람의 향기가 함께한, 내 인생에 두 번 다시 오지 않을 자전거 여행이었습니다.

고마운 분들 --

중고 거래 애플리케이션인 '당근마켓'에서 49,000원에 자전거를 팔아 주신 전 주인님, 수리만 해서 타는데도 큰 고장과 사고 없이 탈 수 있도록 좋은 자전거를 판매해 주셔서 고맙습니다.

자전거를 수리하러 아라뱃길에 서성일 때 자전거 타는 방법과 기술을 알려 주신 도시탈출 MTB 캐빈 님, 자전거 수리 전문가 고용천 부장님을 소개해 주셔서 사고와 큰 고장 없이 국토 종주를 할 수 있었습니다. 고맙습니다.

지오닉스 고용천 부장님, 자전거 수리를 너무나 꼼꼼하게 해 주셔서 큰 고장 없이 국토 종주를 마치게 되었습니다. 언제나 최선을 다해 주시는 자전거 수리 명장이십니다. 고맙습니다.

개별화물 김호경 사장님, 춘천에서 고성까지 가서 숙소와 식당을 찾기 위해 1시간 동안 함께해 주시고, 자전거 헬멧을 두고 내린 탓에 강릉에서 주무시고 가져다주시면서 거진항에서 고성 통일전망대까지 데려다주셨으며, 종주가 끝나는 날 양평까지 오셔서 인천 집까지 무사히 데려다주셨습니다. 강화에서 만났을 때 배추와 무를 주셔서 김장까지 하고 고구마도 너무 잘 먹었습니다. 너무너무 고맙습니다.

울릉도 독도에서 만난 대전시 유성구 온빛교회 허광 목사님, 사모님, 울릉도 자동차 드라이브는 잊을 수 없는 한 편의 영화라고 생각합니다. 맛있는 거 사 먹으며 국토 종주 하라고 손에 쥐여 주신 격려금이 피와 살이 되어 튼튼한 몸으로 국토 종주를 마치게 되었습니다. 고맙습니다.

영천에 살고 있는 고향 친구 문종복, 13년 만에 고향 친구가 영천에 왔다고 반기면서 활짝 핀 웃음을 보이며 후한 대접까지 해 주고도 아쉬워 안동댐까지 태워다 준 것도 고마운데, 격려금까지 주면서 잘 먹으면서 완주하라고 해서 아무 사고 없이 건강하게 국토 종주를 마쳤습니다. 고맙습니다.

문유대 형님, 25년 만에 만났지만 며칠 만에 만난 것 처럼 너무나 가깝다고 느꼈습니다. 형님께서는 자기 관리를 잘하시고 있는 것 같아 너무나 좋아 보였습니다. 격려금을 주시면서 맛있는 것 많이 먹고 완주하라고 해 주셔서 아무 사고 없이 건강하게 종주를 마쳤습니다. 고맙습니다.

공주 하얀성 여관 사장님, 자전거 타시는 분들은 욕조에 뜨거운 물을 받아서 전신욕을 해야 몸이 풀린다고 큰 욕조 있는 방을 주서서 지치고 힘들었던 그날의 피로를 다 날려 버렸습니다. 정동진 여관에서는 욕조 있는 방을 달라고 하니 1만 원을 더 받으면서 뜨거운 물 많이 쓰면 안 된다고 눈치를 엄청나게 주어서 정이 떨어졌는데, 사장님은 똑같은 돈을 버시는데도 인간미가 넘쳐서 감동하였고, 제가 자전거 펑크를 수리하다 저녁을 못 먹을까 봐 7시가 넘으면 식당 문이 다 닫는다고 알려 주신 것도 고맙습니다.

전남 곡성 도림사 펜션 사장님, 숙소를 못 구해 애를 태울 때 방값도 할인해 주시고, 외부에 계시다 저 때문에 펜션까지 오셔서 문도 열어 주시고, 식사할 곳을 여쭈어보니 배고플 때 끓여 먹는 라면이 있으시다면서 라면 2봉지에 김치까지 주셨습니다. 지금까지 먹어 본 라면 중 최고의 맛이었습니다. 고맙습니다.

구미 리버모텔 사장님, 빨래를 할 수 있게 세탁기 사용을 허락해 주서서 깨끗하게 세탁할 수 있어서 좋았습니다. 고맙습니다.

제주도에서 귤 농장 하시는 분, 그날 밤 덕분에 고생을 안 해 귤이 먹고 싶으면 평생 먹을 생각이었는데, 안 보내 주서서 실망을 많이 했습니다. 이게 뭡니까. 신용 사회가 되어야지요.

짐을 택배로 부치기 위해 찾아간 강릉 기성 논공 수안보 우체국에 갔다가 몸살과 감기가 심해졌다는 것을 느껴 경북 울진군 기성면에 위치한 보건소에 들러 약을 복용했던 적이 있습니다.

또한 심한 몸살과 설사로 인해 대구시 달성군 논공읍에 위치한 김동인 내과에 들러 링거를 투여했습니다. 약국, 식당, 편의점, 펜션, 여관, 호텔, 콘도, 온천지구, 자전거 수리점 사장님, 화물차 사장님, 수자원 유인 인증센터, 울릉도 크루즈선, 제주도 퀸메리호, 독도 썬라이즈호, 생활용품 매장, 빨래방, 커피숍 등등 전국 국토 종주 때 함께해 주신 분, 서로 교행하신 자전거 동행인, 모두 다 고맙습니다.

작가의 인생 이력서

1962년	전남 영암군 덕진면 노송리 출생
1964년	전남 영암군 영암읍 장암리 이사
1970년	영암 동 초등학교 입학
1973년	4학년 전교 웅변대회 참가
1974년	5학년 전교 웅변대회 1등
1975년	6학년 전교 웅변대회 1등 아이큐 테스트 135로 전교 1위
1976년	영암 향토 재건 중학교 입학
1977년	월사금 미납으로 자태
1977년	전남 목포시 용당동 양복점에서 사회생활 시작
1982년	서울 마포구 망원동 전기 일용 근로자 시작
1989년	인천시 계양구 병방동 태양전기 조명 가게 시작
	한 달 만에 동업자와 갈등으로 사업 포기
1989년	전기 공사업 시작
1994년	최초 케이블 TV 부평구 계양구 선로 작업 공사
1996년	한솔 비데 설립 최초 비데 전시장 대리점 영업
2004년	아이리스 연수기 인천 부천 시흥지사
2005년	아이리스 연수기 부도

2006년	인천시 계양구 계산동 청운교회 20분간 간증
2008년	부도 후유증으로 신앙생활 중단
2017년	파산선고
2018년	비엔씨 물티슈 회사 입사
2022년	비엔씨 물티슈 회사 퇴직
2023년	9월 49,000원 중고 생활 자전거로 훈련 시작
2023년	10월 10일 전국 국토 종주 짐 30㎏ 싣고 인천시 계양구 박촌동 출발
2023년	11월 7일 전국 자전거길+일반 도로=2,300㎞ 무사고 그랜드 슬램 달성
2023년	11월 11일 『자전거로 달린 2,300km 국토 종주기』 집필 시작
2024년	2월 29일 『자전거로 달린 2,300km 국토 종주기』 집필 완료
2024년	3월 4일 『사람의 향기를 싣고 달리는 자전거』 유튜브 1편 등록
2024년	3월 11일 『사람의 향기를 싣고 달리는 자전거』 유튜브 2편 등록
	가족 관계: 누나, 남동생, 여동생 2명, 아내, 아들 2명

2편에서

계속…